愛經典

閱讀經典，成為更好的自己。

第六病房

契訶夫經典小說集

安東・巴甫洛維奇・契訶夫──著
路雪瑩──譯

Антон Павлович Чехов

緣起

愛經典

卡爾維諾說：「『經典』即是具影響力的作品，在我們的想像中留下痕跡，並藏在潛意識中。正因『經典』有這種影響力，我們更要撥時間閱讀，接受『經典』為我們帶來的改變。」因著經典作品獨具的無窮魅力，時報出版公司特別引進「作家榜」品牌母公司大星文化策劃的「作家榜經典名著」，推出「愛經典」書系，期能為臺灣的經典閱讀提供最佳選擇。

這一系列作品，已出版近百本，累積良好口碑，榮登各大長銷榜。這些作家都經時代淬鍊，作品雋永，意義深遠。我們所選的譯者，許多都是優秀的詩人或作家，譯文流暢通順好讀，更能傳遞原創精神與文采意涵。因為經典，時報特別對每部作品皆以精裝裝幀，更顯質感，絕對是讀者閱讀與收藏經典的首選。

現在開始讀經典，成為更好的自己。

目次

導讀

變幻世事中的恆常人性

安東．巴甫洛維奇．契訶夫是俄國十九世紀最重要的作家之一，與法國的莫泊桑和美國的歐．亨利並稱為世界短篇小說三傑。契訶夫是一位深受各國讀者喜愛的作家，也是一位對二十世紀文學產生了深遠影響的作家。

文學地圖中的契訶夫

契訶夫一八六〇年出生於俄國南部羅斯托夫省塔甘羅格市，他的祖輩為農奴，一八四一年其祖父為全家贖身，在全俄取消農奴制之前二十年獲得了自由。契訶夫的父親在塔甘羅格經營一家雜貨店，後因經營不善而破產。在契訶夫十六歲的時候，其父避走莫斯科，家人也追隨而去，他和一個弟弟被留在故鄉，他一邊完成中學學業，一邊變賣家裡的東西，籌錢寄住莫斯科，幫助家裡維持生活。一八七九年，契訶夫中學畢業進入莫斯科大學醫學系，從一八八〇年開始發表作品，賺取稿費貼補家用。

契訶夫早期寫作主要是出於經濟方面的考慮，他以契洪特等為筆名，寫得很快，多是幽默諷刺類的小故事，甚至寫過笑話。作品品質有高有低，但已經顯示出機智詼諧的特色和善於講故事的才能。由於豐沛的寫作才能，契訶夫最終走上了專業作家的道路，並未以行醫為主業。

結核病早早地奪去了契訶夫的生命，他去世時只有四十四歲，所以他的創作生涯並不長，不過二十餘年。但是他一生勤奮寫作，充分發展自己的天分，為世界留下了相當豐厚的文學遺產，從而超越死亡，進入了不朽。

談到契訶夫，就不能不談整個十九世紀的俄羅斯文學。十九世紀被稱為俄羅斯文學的「黃金時代」，更確切地說，是「黃金世紀」，因為這個世紀俄羅斯文學的發展是一個相當完整又轟轟烈烈的過程，令人目不暇接，深深震撼。

十九世紀初，普希金元氣充沛、全面開花的創作是黃金世紀的肇始，為其後的俄羅斯文學鋪展出一片寬廣的空間；普希金去世後，萊蒙托夫緊緊跟上，中經以果戈里、屠格涅夫為代表的作家群體全方位地開發深耕，終於烘雲托月似的聳立起托爾斯泰和杜斯妥也夫斯基這兩個世界文學的高地，俄羅斯文學亦進入到巔峰狀態。

而契訶夫好像處於高山的另一側，或是一系列偉岸山峰的餘脈。契訶夫是一個完整的文學世紀的收束者，同時他的作品本身已經成為下一個世紀文學新潮流、新樣式的濫觴，具有二十世紀文學的某些特點了。在契訶夫之後，俄羅斯文學景觀大變，先是興起了迥異於「寫實主義」的、流派紛繁的現代文學，史稱「白銀時代」，後來隨著歷史大勢的扭轉，進入了「蘇聯文學」時代。

在文學史的鏈條中，每一位重要的作家既受到傳統的影響，其自身也必定有另闢蹊徑之處，從而成為新傳統的發明者，對後來的文學產生影響。但是傳統與影響好像空氣一樣是看不見、摸不著的，更多地體現為氣氛或啟發，而不是模仿和類似。契訶夫對於二十世紀文學的影響應該也主要是以間接的形式實現的。首先是世人對他的喜愛程度，無論是在中國讀者中還是在外國作家中，喜愛契訶夫的比例都是相當高的。例如海明威就十分推崇契訶夫，而海明威的作品對歐美小說，特別是短篇小說的影響是相當明顯的，所以是否可以說，契訶夫間接地影響了二十世紀的歐美文學？

從敏銳的諷刺者到溫和的描述者

契訶夫創作生涯本身的階段性演變是很清晰的。應該說，他剛開始給一些所謂「輕雜誌」投稿的時候，並沒把寫小說當作很嚴肅的事業，而只是當作解決經濟問題的手段。〈小公務員之死〉、〈胖子和瘦子〉，以及〈變色龍〉就是這個時期的作品，它們之所以廣為人知（特別是在中國），是因為讀者從中挖掘出了所謂的「社會批判意義」。

我認為，作為契訶夫早期作品的代表，我們似乎更應該注意到這樣一些特點：由於誇張造成的喜劇效果，對細節的靈敏捕捉和生動再現，對人性弱點的洞察——當然，對這些弱點的思考可以導致對「社會」和「制度」的反思，但畢竟「奴性」也差不多是一種「固有」的人性。所以，在這些看似簡單的「小品」中，已經包含了契訶夫日後成長為大作家的基本要素。在成熟期的作品中，〈套中人〉比較多地保留了誇張、嘲諷的風格，而對人性的弱點甚至可悲的展現則更深刻、更充分了。

在寫了最初的一批滑稽小品和遊戲之作之後，他的作品中已經出現了現實批判和社會關懷的內容。隨著現實關懷成分的日益增長，其寫作亦逐漸成熟，形成了清晰而獨特的風格，契訶夫終於成為短篇小說藝術的大師。

我很喜歡契訶夫從早期過渡到成熟期的作品，這些作品篇幅不長，差不多不再出現「逗笑」的因素，也沒有宏大的話題和深奧的思辨，從這些作品中特別能感受到契訶夫「善解人意」的特點。從〈鋼琴師〉到〈凱西坦卡〉等都屬於這個時期、這一類型的作品。在這些作品中，每個故事都很單純，意味並不複雜，也很容易體會和理解，它們各自從某個側面描摹人性的缺陷或局限，憂傷、孤獨和無奈等心理感受，以及命運的無法掌控、死亡的不可避免，等等。在這些作品中，作家的細膩體察是通過不動聲色的敘述「滲透」出來的，讓讀者自行體會，心有戚戚。

我特別喜歡的是這些作品不設門檻，沒有障礙，易於理解。作者對他的人物懷有同情與包容，悲憫與諒解，作品籠罩著淡淡的憂鬱或濃郁的憂傷，卻點到為止，絕不濫情，正是「怨而不怒，哀而不傷」的尺度。

契訶夫創作後期一些比較單純的作品，如〈古謝夫〉、〈羅斯柴爾德的小提琴〉、〈在大車上〉也屬於這一類，不過藝術手法上更加成熟，表達更加含蓄，思慮更加深沉；而〈跳來跳去的女人〉、〈脖子上的安娜〉篇幅略長，故事的曲折開合大一些，人物的命運也發生了急劇轉折，但心理的動機和邏輯都不超過人之常情的範圍，講的也是日常的、被重複無數次的故事。這些故事都是一些「小製作」，結構精巧，觀察精微，勾畫精確，好像多稜鏡一樣，讓我們從一個個場景和故事中照見自己和似曾相識的他人，領悟人性中普遍共通的元素，看到命運對人的播弄。總之，細讀這些作品，可以令人生出悲憫之心。

兒童、動物和大自然是契訶夫作品中最明亮的元素。契訶夫對兒童和動物的描寫中流露出單純的無保留喜愛，那天真且未經汙染的生命原初狀態給成年後的人生帶來莫大的撫慰和治癒，而像萬卡這樣被摧殘的兒童則令人心碎。在契訶夫的作品中，另一個常常撫慰人心的元素是大自然。雖然契訶夫也會描寫自然的嚴酷和壓迫，但是他更多地描繪自然的安詳、寧靜、深邃、寬廣。契訶夫是大自然的愛好者，尤其喜愛釣魚，他對自然的細膩體驗和描寫自然的高超筆法與屠格涅夫異曲同工，而且在他的作品中，大自然帶有某種泛神論式的靈性，彷彿是人的精神家園和靈魂庇護之所，令人生出天地悠悠的曠遠之思。

但契訶夫已經敏銳地察覺到了自然遭遇的危機，人類活動（工業化及現代生活方式）對自然的破壞已經開始，契訶夫在多篇小說中都對此有所涉及，最為突出的是〈蘆笛〉一篇，小說中表達的對大自然命運的憂慮其實就是對人類命運的憂慮。契訶夫早在一百多年前就表達了對自然環境的憂思，令人佩服他的先見和先進，其後一個多世紀中發生的事情不幸證實了作家的預感，而這場巨大的災難還遠未結束。

描摹時代的守夜人

在小說創作日漸成熟之後，契訶夫開始越來越多地投入新型戲劇創作的嘗試。契訶夫對戲劇有著自己的見解，在〈沒意思的故事〉中曾對舊的戲劇形式進行批評和嘲諷。但契訶夫對新型戲劇的探索開始得並不順利，《海鷗》的首演沒有得到觀眾的認可，而且幾乎引起了一場騷亂。好在契訶夫在斯坦尼斯拉夫斯基的鼓勵下堅持了自己的風格，並逐漸為觀眾所接受。到了創作末期，戲劇代替小說成為契訶夫創作的重心，他在生命最後階段完成的《三姊妹》和《櫻桃園》是世界戲劇史上里程碑式的作品。

一八九〇年，契訶夫的生命中發生了一件大事，這一年他不顧身體的病弱和親朋的勸阻毅然遠行，前往作為流放地的遠東薩哈林島進行考察，四月出發，一直到年底方回。契訶夫的這個行動，表明他已決心擔負起一個嚴肅作家的社會責任，可以看作其創作進入成熟期的標誌。

進入成熟期之後，契訶夫的作品變得有些複雜、沉重，有的甚至陷入晦澀，特別是一些涉及「體制」和「社會」問題的作品，也許因為時過境遷，令人很難追索各種互相爭執的主張的理路和是非。例如〈沒意思的故事〉、〈第六病房〉，以及〈有閣樓的房子〉都有著時代的烙印，也是在藝術上比較成功的篇什，其中〈第六病房〉由於完美的寓言結構，堪稱傑作。如果從「寫實主義」的角度，把這些作品當作現實的鏡子，那麼也許可以通過它們觀察十九世紀的俄國走向近代化、嘗試建立現代國家和現代社會的進程，我們會發現這個進程並不順利，甚至有陷入泥潭或走到死巷子的趨勢。

契訶夫的後期小說氣氛變得有些灰暗、沉悶，這是因為他對人物的生活環境和生活方式抱著嚴重否定的態度。婚姻生活的沉悶無聊（〈文學老師〉），與婚姻制度相衝突的愛情的艱難無望（〈關於愛情〉、〈帶小狗的女士〉），主人公「閉環式的」精神「繭房」（〈套中人〉、〈醋栗〉、〈寶貝〉），不同社會階層之間的嚴重隔閡（〈新別墅〉），都是沉悶窒息的現狀的表徵。

外省小城是很多故事的背景（〈第六病房〉、〈文學老師〉、〈寶貝〉、〈未婚妻〉等等）。對小城生活的描寫，最具代表性的是〈約內奇〉。這篇小說描寫的是一個人在小城度過一生而最終「陷落」和「異化」的過程，著力描摹小城人物那種循環單調、了無新意、附庸風雅、淺薄自足的精神狀態。戲劇中，《三姊妹》集中表現了外省的窒息，全劇籠罩著揮之不去的陰鬱之霧。

在契訶夫晚期作品的以灰色為主調的世界中，只有那些年輕的、不諳世事的、幻影般稍縱即逝的「愛情」留下了幾抹柔美的亮色（〈文學老師〉、〈有閣樓的房子〉、〈約內奇〉）。

契訶夫敏銳地感受和捕捉到時代的脈搏，不露聲色、平平淡淡地渲染出一種無形又無所不在的壓抑、灰暗的氣氛，或隱或現地表露出對時代劇變的預感。

有的人物試圖衝破晦暗的現實，擺脫精神的疲軟癱瘓，找到生命的意義，同時為社會尋找出路，拯救蒼生。這是俄國知識分子中激進的一脈。〈有閣樓的房子〉中麗達改造社會的熱情和自信，《三姊妹》中伊琳娜對高尚而有意義的生活的追求，都體現了這部分知識分子心靈的真誠和純潔。但尤為值得注意的是〈未婚妻〉中的薩沙和《櫻桃園》中的特羅菲莫夫，這兩個人物熱情洋溢，高尚純潔，針砭時弊，臧否人物，各自啟蒙了一名年輕純潔的女性，指引她們投入新的生活，預言了新時代的到來。然而他們自己卻是不折不扣的失敗者，不僅貧困潦倒，無以為生，而且顯然是語言的巨人、行動的矮子，表現出一種對個人生命很懶散、很不負責任的態度。凡此種種，恐怕都是當時社會上真實人物的寫照。

契訶夫的最後一篇小說〈未婚妻〉和最後一部戲劇《櫻桃園》，具有標記時代的象徵意義，它們宣告了貴族舊家的徹底沒落和瓦解，同時各以一位年輕的女性來代表光明、希望和未來，喊出了「你好，新生活」的樂觀、高亢的呼聲，也算是契訶夫與這個世界告別時對於新世紀的祝福。但這也許是「勉力的樂觀」，因為縱觀契訶夫的作品，可以看到他的主調是灰暗沮喪的，他總是消解和否定所有的濫情和激昂，從來都不給出確切的答案和圓滿的結局。

也許因為糟糕的健康狀況，契訶夫很早就試圖一窺死亡的內幕，在〈沒意思的故事〉、〈古謝夫〉、〈第六病房〉中都對這個問題有很多思索。契訶夫最後的作品之一〈主教〉用平靜的筆觸描寫了人走向死亡的過程，也可以看作契訶夫自己正在與生命告別，雖依依不捨，但畢竟是落花流水、無可奈何的事。

最後，〈黑修士〉和〈大學生〉都具有宗教的色彩。〈大學生〉描寫的是瞬間的宗教體驗（所謂「大學生」其實是宗教學院的學生）；〈黑修士〉則比較複雜，可以從多方面解讀，其中涉及幻覺、命運，帶有某些神祕色彩，也包含諸如學術的意義、「超人」的權力和使命等抽象思考。巧合的是，十年之後，契訶夫自己和這篇小說的主人公一樣，是在異域的療養地辭世的。

契訶夫一代的俄國知識分子，總的來說，接受的是現代人文主義的教育，崇尚理性和科學，離宗教比較遠，但是人生的大困惑，以及世界的大問題，在離開宗教之後似乎難以得到令人信服的解答，大概這就是屬於二十世紀的迷惘，是現代主義文學藝術滋生的土壤。契訶夫的小說中那種無出路感和荒誕感已經透露出時代的普遍情緒或精神危機，而對於俄國大變動的預感，對於未來的隱隱不安和勉力樂觀，正是俄國十九世紀政治、社會、文化和文學進程的順理成章的終結。一個天翻地覆的新世紀已經初露端倪，契訶夫就是在這個時候告別了他所留戀的人間。

從藝術上來說，契訶夫的小說猶如繪畫中的早期印象派，已經表現出對傳統範式的若干背離，但仍有清晰的描摹對象，是有跡可循的，這使得他的作品容易進入，富於啟發，能得到廣泛的認同，至今保持著在文學史上的尊貴地位。

以上是我個人對契訶夫作品的一些體會，相信讀者在閱讀中會獲得自己的心得。我認為，閱讀是個人的行為，是讀者與作品之間的事。讀者或許能夠在閱讀的時候跨越時空與作者相會，或心有戚戚，或獨有妙悟，或讚歎感動，或爭辯反駁。不過對於作品的解讀和批評，並沒有標準答案。在這個問題上，我抱著與契訶夫相同的相對主義的態度。

二〇二〇年十一月二十五日　路雪瑩

第六病房

一

醫院院子裡有個不大的小屋，周圍長滿了成片的牛蒡、蕁麻和野生的大麻。鐵皮屋頂已經鏽了，煙囪也塌了一半，臺階的踏板已經糟朽，長出了草，牆上的灰泥也沒剩下多少了。這房子的正面對著醫院，背後朝著曠野，醫院的一道釘了釘子的灰柵欄將房子和曠野分隔開來。這些尖頭朝上的釘子、這道柵欄以及這座房子，都帶著我們醫院和監獄特有的罪孽深重、愁苦淒慘的樣子。

如果您不怕被蕁麻刺到，我們就順著通往小屋的小窄道走，去看看裡面的情況。打開第一道門，我們就進入了前室。在這裡，爐灶旁邊靠牆堆著醫院的廢棄物，像一座座小山：床墊、有破洞的舊袍子、褲子、藍條紋上衣、破爛不堪的鞋子——所有這些破爛堆成了一堆，皺巴巴的，混在一起發霉，散發出令人窒息的氣味。

這堆廢物上面永遠躺著嘴裡叼著菸斗的看守尼基塔，他是個退伍軍人，穿著軍服，上面的領章已經褪色，變成紅棕色的了。他長相冷酷，精瘦，鼻子通紅，眉毛垂著，這讓他的臉有一種草原牧羊狗的表情。他個子不高，身材看上去乾巴巴的，可是拳頭很粗大，顯得威風十足。他是那種頭腦簡單愚鈍，觀念正統死板，特別忠於職守的人，這種人最愛的就是秩序，所以堅信對待病人就是要打。他打病人的臉、胸口、後背，幾乎抓到哪裡打哪裡，他確信，不這樣做這裡就不會有秩序。

接下來您會走進一個大房間。這房間很寬敞，除了前室，這是這座房子裡唯一的房間。這裡的牆被刷成髒兮兮的藍色。天花板被熏成了黑色，就像有煙囪的農舍一樣。顯然這裡的爐子躥煙，煤氣很重。窗戶從裡面釘了鐵條，樣子很醜怪。地板灰撲撲的，很是粗糙。房間裡充滿了由酸白菜味、蠟燭芯的焦味、臭蟲味和氨水味混成的惡劣氣味，乍一進去，您會以為進了動物園。

房間裡的床都釘在地板上，床上或坐或躺的人穿著藍色的病人袍子，按照老規矩戴著尖頂帽。這些人是精神病人。

這裡一共有五個精神病人，只有一個是貴族出身，其他都是普通人。離門最近的是一個又高又瘦的小市民，他留著發亮的紅褐色小鬍子，眼淚汪汪，扶著頭坐在床上，眼睛盯著一個點不動。他日日夜夜都在憂愁、搖頭、歎氣、苦笑，很少參加談話，問他話也不怎麼回答，給他吃喝時他就機械性地吃喝。從他那受罪的劇烈咳嗽、消瘦的樣子，以及臉上的潮紅來判斷，他大概已經得了結核病了。

在他旁邊的是一個小個子老頭，他很活躍，很好動，下巴上留著尖鬍子，頭髮又黑又捲，像黑人一樣。白天時，他從一個窗戶晃到另一個窗戶，或者盤腿坐在自己的床上，像灰雀一樣沒完沒了地吹口哨、小聲唱歌、嘿嘿笑。在夜裡，他同樣表現出孩子般快樂和活潑的性格：他起來向上帝禱告，也就是用拳頭捶自己的胸膛，或者用手指扣門。這是猶太人莫伊塞伊卡，二十年前他的帽子作坊被一把火燒掉，然後他就發瘋了。

在所有住在第六病房的人裡，只有他可以走出這座房子，甚至可以走出醫院的大門去街上。他很早就有了這個特權，大概因為他是醫院的老病人，又是個安靜而無害的傻瓜，是全城取笑的對象。人家對他被孩子和狗團團圍住的情形早就習以為常了。他會穿著醫院的袍子，戴著可笑的帽子，穿著拖鞋，有時候赤著腳，甚至不穿長褲走在街上，在住戶或店鋪門口停下，要一個小錢。有的地方給他格瓦斯，有的地方給他一塊麵包，還有的地方給他一個戈比，所以當他回到小屋時往往已經吃飽，而且還很有錢。尼基塔把他帶回來的所有東西都搶走並據為己有。這當兵的這麼做時很粗魯、很生氣，一邊翻口袋，一邊喊上帝作證，說他再也不放這猶太人上街了。他認為沒規矩是世界上最壞的事。

莫伊塞伊卡樂於助人。他給同伴送水，睡覺時幫他們蓋被子，答應從外面給每個人帶一個戈比，給每個人縫一頂新帽子。他還用湯匙餵左邊床上的癱子吃飯。他這麼做倒不是出於同情或人道主義，而是在模仿住在他右邊的格羅莫夫，猶太人在不知不覺中受了他的影響。

伊凡．德米特里奇．格羅莫夫是個三十三歲的男人，出身貴族，過去是法庭執行官、十二品文官，患有被害妄想症。他或是縮成一團躺在床上，或是從一個牆角走去另一個牆角，好像在做走路運動，很少坐著。他總是因為某種模糊的不確定預感而焦慮緊張。只要前室傳來一點點動靜或是有人在院子裡喊一聲，他就會抬起頭來諦聽：是不是對著他來的？是不是在找他？於是他的臉上就會出現非常不安和厭惡的表情。

我喜歡他的臉。他是寬臉龐，高顴骨，總是臉色蒼白，看起來很不幸，他的臉像鏡子一樣反映出因掙扎和持續的恐懼而飽受折磨的心靈。他做出古怪的病態鬼臉，可是那清秀的五官雖然帶有真實而深刻的痛苦印記，卻又顯得清明睿智。他的眼睛裡也閃著溫暖而健康的光亮。我也喜歡他本人，他彬彬有禮，樂於助人，除了尼基塔，他對所有人都非常體貼。要是有人掉落了扣子或湯匙，他會馬上跳下床撿起來。每天早上他都對同伴說早安，睡覺前會祝他們晚安。

除了一直處於緊張狀態和做鬼臉，他的瘋狂還表現在如下方面：有時候他會在傍晚時裹緊他的袍子，全身發抖，牙齒打顫，在一個牆角和另一個牆角之間，或者在幾張床之間，來來回回地疾走，就像得了寒熱病一樣。他會猛地站住，看著室友，看起來是想說些重要的話，可是大概考慮到他們不願聽也聽不懂，就不耐煩地晃晃腦袋，又接著走。可是很快說話的願望勝過了所有考慮，於是他任由自己熱切又富有激情地講起來。

他的話雜亂無章，非常急切，像夢囈一樣跳躍，不是都能讓人聽懂，可是無論從他的言辭還是語氣中都能聽出一些極精彩的東西。他說話時，您會既把他當做一個精神病患，又把他當做一個正常人。他那些瘋話很難付諸筆墨。他談人的卑劣，談暴力對真理的踐踏，談將來世界上將會出現的美好生活，談窗戶上的鐵條隨時讓他想到施暴者的愚鈍和殘忍。說到最後，就成了一首由很多還沒過時的老歌組成的雜亂曲子了。

二

十二到十五年前，本城主街上住著一個官員格羅莫夫，他有自己的房子。他是一個有身分的人，家境殷實。他有兩個兒子，謝爾蓋和伊凡。謝爾蓋在上大學四年級時，忽然得了急性肺結核，死了。他的死好像是一個開頭，此後就有一連串的不幸降臨在格羅莫夫的頭上。謝爾蓋下葬一星期後，這老父親就吃了官司，罪名是偽造文書和挪用公款，很快他就染上傷寒，接著就死在監獄的醫院，房子和所有動產全被拍賣。伊凡·德米特里奇和母親從此變得一文不名。

此前，在父親活著的時候，伊凡·德米特里奇住在彼得堡，他在那裡上大學，每個月會收到六七十盧布，完全不懂貧窮的滋味，而現在他不得不急劇地改變自己的生活。他得從早到晚幫人上課，賺取微薄的報酬，還得幫人抄抄寫寫。就這樣還得忍飢挨餓，因為他把賺的錢都寄給母親，用來供養她的生活了。伊凡·德米特里奇受不了這樣的生活，他意志消沉，變得衰弱，放棄學業回了家。在這座小城裡，經人推薦，他得到了一份在縣中學當老師的工作，可是跟同事合不來，學生也不喜歡他，很快就辭職了。母親去世後，有半年時間，他沒有工作，僅靠吃麵包、喝水活著，後來他當上了法庭的執行官，一直做到因病被辭退。

他一向體弱，哪怕還是年輕大學生時，也顯得不健康。他總是蒼白、消瘦，容易感冒，吃得少，睡眠也不好，喝一小杯酒就會頭暈，變得歇斯底里。他一直想跟人接近，可是因為生性敏感又多疑，跟誰都沒有深交，終究還是沒有朋友。說起這座小城的市民，他總是很輕蔑，說他們粗野，糊裡糊塗地過著動物般的生活，讓他生厭。

他的聲音是男高音，說話時聲音很大，不管氣憤、興奮或驚奇，態度總是很激昂，也都是發自內心的。不管你跟他談什麼，他都能歸結為一點：這座城裡的生活壓抑、無聊，社會沒有高尚的品味，大家過著死氣沉沉、沒有意義的生活，只不過用暴力、粗野的荒淫和虛偽變出不同的花樣。騙子豐衣足食，誠實的人生活艱難。應該有學校，有講真話的地方報紙，有劇院和公共演講，知識分子應該團結起來，應該讓社會上的人認識自己並知道自己的生活有多可怕。

他在對人的評判中使用濃重的色彩，但這色彩裡只有白色和黑色，不承認任何過渡的色調。在他看來，人只有兩種，不是誠實的人就是騙子，沒有中間的人。他總是熱切而興高采烈地談論女人和愛情，可是一次也沒戀愛過。

儘管他論斷尖刻又神經質，城裡的人卻喜歡他，背後親切地叫他凡尼亞。他天生彬彬有禮，樂於助人，正直規矩，道德純潔。他的破舊禮服、他的病容和家庭的不幸都讓人產生善意、柔軟又傷感的感情。再說他受過好的教育，讀過很多書，小城的居民覺得他什麼都懂，就像城裡的活字典。

他讀很多書。有時他坐在俱樂部裡，神經質地揪著鬍子翻看雜誌和書，看他的樣子，不是在讀書，而是要把這些東西囫圇地吞下去。可能閱讀也是他的病態習慣之一，因為不管遇到什麼讀物，他都會同樣如飢似渴地撲上去，哪怕對待舊雜誌和舊日曆，也是一樣。而在家讀書時，他總是要躺著。

三

一個秋天的早晨，伊凡·德米特里奇拿著法院的執行票，豎起大衣的領子，踩著泥水穿過一條條巷子和後院去某個小市民家收錢。像每個早上一樣，他心情很糟。他在一條巷子裡遇到了兩個戴著鐐銬的囚犯和四個帶槍的押送者。伊凡·德米特里奇經常遇到囚犯，每次都會在他心裡喚起同情和不自在的感覺，可是這次相遇讓他產生了某種不同尋常的奇怪感覺。他忽然感到，自己也可能被套上鐐銬，也會這樣在泥濘中被押往監獄。他在小市民家待了一會兒，然後回家去。路過郵局時，他遇到了一個認識的警官，那警官跟他打了招呼，還和他一起在街上走了幾步。不知為何他覺得這件事很可疑。

在家裡，他整天想著那幾個囚犯和帶槍的士兵，一種莫名的不安讓他無心讀書，心神不定。晚上他沒有點燈，夜裡也沒有睡覺，一直想著自己可能被逮捕、被戴上鐐銬、被關進監獄。

他知道自己沒有犯過任何罪，也可以保證，將來也永遠不會殺人、放火、偷竊。可是無意中、不由自主地犯罪的情況難道不是很難避免嗎？還有，難道不會被別人誹謗嗎？最後，難道法院不會誤判嗎？千百年的民間經驗說「誰也不能擔保不會乞討和坐牢」[1]，這肯定有道理。在現在的審判制度下，誤判很可能發生，這一點也不稀奇。那些因為職務關係而跟他人的痛苦打交道的人，比如法官、警察、醫生，時間久了，司空見慣了，就會修煉到那種程度。就算他們本心不想用例行公事的態度對待工作的對象，實際上也還是例行公事而已。在這方面，他們跟那些殺牛宰羊、對鮮血視而不見的粗人沒什麼區別。

有了這種對人例行公事的狠心態度，法官只需要一個東西就可以剝奪無辜者的公民權，判他服苦役。這種東西就是時間。只要花點時間去完成一連串的例行程序（法官就是憑著做這些事而拿薪水的），就萬事大吉了。到那時，你休想在這個離鐵路兩百里的骯髒小城裡找到公道和保護！何況社會上的人把所有的暴力措施都當做明智、合理，而必要的東西。每個善意的舉動，比如無罪判決，都會引來一大波的不滿和報復的情緒。在這種情況下妄想得到公正，不是很可笑嗎？

早上起床時，他會頭上冒冷汗，感到很恐懼，因為已經確信自己會隨時被逮捕。他想，既然昨天那些可怕的想法糾纏了他那麼久，就一定有它們的道理。沒錯，它們不可能無緣無故地出現在自己的腦子裡。

警察走過窗前，這不是無緣無故的。有兩個人停在房子旁，一言不發。他們為什麼不說話？

伊凡．德米特里奇飽受折磨的日子開始了。他覺得所有從窗前經過或走進院子的人都像祕探和偵探。縣警察局局長通常中午會坐著兩匹馬拉的馬車從街上過，這是他從郊外的莊園去警察局的路線，可是伊凡．德米特里奇每次都覺得他走得太急，帶著一種特別的表情。

1 俄國諺語。

顯然，他急著宣布城裡出現了一個重要的罪犯。只要門鈴一響或有人敲門，伊凡．德米特里奇就會發抖；如果在女房東那裡遇到一個陌生人，他就驚恐不安；如果遇到警察和憲兵，他就微笑、吹口哨，故意做出無所謂的樣子。他整夜不睡覺，等著被逮捕，可是卻大聲打呼，像做夢一樣歎氣，好讓女房東覺得他在睡覺。因為如果不睡覺就說明他做了虧心事，正在受良心的折磨——這是鐵證！

事實和正常的邏輯告訴他，所有這些恐懼都是胡思亂想，且是精神病的症狀，而且退一步說，其實被捕和坐牢一點都不可怕——只要問心無愧。可是他越是想得頭頭是道，內心的不安就變得越嚴重、越痛苦。這就像一個隱士想在老林裡為自己闢出一片空地，但越是揮著斧頭砍得起勁，樹林就長得越快、越密。最後伊凡．德米特里奇看到這麼做沒用，就徹底放棄了理性思考，而完全沉浸在絕望和恐懼中了。

他開始離群索居，逃避跟人接觸。他原來就討厭公務，現在已經變得無法忍受那些工作了。他怕人陷害他，偷偷把賄賂放在他的口袋裡然後揭發他，或是怕自己不小心在公文中出個類似偽造文書的差錯，或是弄丟別人的錢。奇怪的是，平時他的思維從來不曾像現在這樣靈活機敏——現在他每天都能想出千百種可能導致他的自由和名譽受損的理由。可是他對外部世界，特別是對閱讀的興趣劇減，記憶力也變得特別糟。

春天，雪化了以後，人家在墓地旁的山溝裡發現了兩具腐爛了一半的屍體——一個老太婆和一個小男孩，屍體帶有暴力致死的痕跡。城裡的居民談論的全是這兩具屍體和未知的殺人者。伊凡．德米特里奇為了不讓人家認為人是他殺的，就在大街上閒逛、微笑，可是遇到熟人時，他臉上就紅一陣白一陣，大談沒有比殺害弱者和沒有自衛能力的人更卑鄙的罪行了。然而這樣的作假很快搞得他心力交瘁，於是他考慮了一下，認為以他現在的處境，最好的辦法是藏在女房東的地窖裡。

他在地窖裡待了一天，然後又是一夜和一整天。他凍壞了，於是等到天黑，像小偷一樣偷偷潛回自己的房間。他一動不動地在房間的中央站到天亮，並側耳諦聽。有天一大早，女房東家來了幾個修爐子的，伊凡．德米特里奇明明知道他們是來修廚房的爐子的，可是恐懼卻告訴他，這是喬裝成修爐子工人的警察。他被恐懼抓住了，於是沒戴帽子、沒穿外衣，悄悄出了房子，在街上跑起來。一些狗邊叫邊追他，有個男人在後面喊，空氣在耳邊呼嘯。伊凡．德米特里奇覺得整個世界的暴力都在他背後集合起來，追趕著他。

大家把他抓住，帶回家，讓女房東去請醫生。醫生安德烈．葉菲梅奇，下面我們要講到他，開了在頭上冷敷的處方和月桂葉水[2]，憂鬱地搖搖頭走了。臨走時他對女房東說不會再來了，因為他不該干涉一個人發瘋。因為他在家無法自理，也沒法治病，所以伊凡．德米

2 一種鎮靜劑。

特里奇很快就被送進了醫院，那些人讓他住在性病病人的病房。他夜裡不睡覺，亂鬧，打擾別的病人，不久，按安德烈．葉菲梅奇的指令，他被轉到了第六病房。

一年後，城裡的人已經完全忘了伊凡．德米特里奇，他的書被女房東堆到棚子下的雪橇上，後來也就被男孩陸續偷光了。

四

我已經說了，伊凡．德米特里奇的左邊是猶太人莫伊塞伊卡，他的右邊則是一個胖得幾乎是圓形的農民。這人表情遲滯，木木呆呆的。這是一隻既不會動又貪吃的骯髒動物，早就失去了思想和感覺的能力，身上常年散發著令人窒息的刺鼻臭氣。

尼基塔給他收拾時會狠狠地揍他，用足力氣，一點都不吝惜自己的拳頭。但可怕的不是被尼基塔揍——這是可以習慣的，而是這個遲鈍的動物對挨揍毫無反應：既不出聲，也不動，眼睛也沒有神，只是像一個沉重的水桶一樣稍稍搖晃。

第六病房的第五個，也是最後一個病人，是一個小市民，他曾經在郵局當分揀員。這個人長得又瘦又小，金髮，有一張善良但有點調皮的臉。看他那雙聰明、安靜、明亮又快活的眼睛，你會覺得這個人心機很重，而且藏著個很重要、很愉快的祕密。他的枕頭和床墊下面有什麼東西，他誰都不給看，倒不是怕別人把這東西搶走或偷走，而是因為害羞。有時候他走到窗前，轉身背對著夥伴，把什麼東西掛在自己的胸前，低頭端詳著。要是有人在這時走到他的面前，他就會很窘，趕快把這東西從胸前扯下來。但是猜出他的祕密並不難。

「恭喜我吧，」他經常對伊凡．德米特里奇說，「他們給我頒發附有星星的斯坦尼斯拉夫二級勛章了。有星星的二級勛章只頒給外國人，可是不知為什麼他們願意為我破例，」他微笑著，聳聳肩膀表示不解，「這個，說實在的，我真沒想到！」

「這些我一點都不懂。」伊凡．德米特里奇陰沉地說。

「可是您知道我遲早會得到什麼嗎？」前分揀員調皮地瞇起眼睛，繼續說，「我一定會得到瑞典北極星勛章。這個勛章不好得。白色的十字和黑色的綬帶，真是漂亮。」

大概世界上沒有什麼地方的生活比這裡更單調了。早上，眾病人，除了呆子和胖農民，全都在前室用一個大木桶洗臉，用袍子的下襬擦臉，然後用錫杯喝茶。茶是尼基塔從主樓拿來的，每個人一杯。中午吃酸白菜湯和粥，晚飯是中午剩的粥。在這些活動的間隔裡，他們就躺著，睡覺，看窗外，從一個牆角走到另一個牆角，天天如此，就連前分揀員談論的也是同樣的勛章。

在第六病房很少看到新人。醫生早就不再接受新的住院病人了，而這世界上很少有人喜歡拜訪精神病房。理髮師謝苗．拉札里奇兩個月來一次。至於他怎麼幫精神病人理髮，尼基塔怎麼幫他忙，而這個醉醺醺、又笑嘻嘻的理髮師每次出現時病人會怎麼大鬧，我們就不說了。

除了理髮師再沒有人來這房子，這些病人註定日復一日地只能見到尼基塔一個人。不過，最近醫院主樓裡卻流傳著一個相當奇怪的傳言。

大家傳說醫生開始往第六病房跑。

五

真是奇怪的傳言！

安德烈．葉菲梅奇．拉金醫生在某些方面是很傑出的人物。據說年輕時他曾是虔誠的教徒，想學神學，準備擔任神職。一八六三年中學畢業後，他打算上神學院，但好像，他的父親，一個醫學博士和外科醫生，狠狠嘲笑了他，決絕地說，如果他膽敢去當神父，就不認他這個兒子。我不知道這種說法有幾分是真的，但安德烈．葉菲梅奇不止一次地宣稱他從來無意從事醫學和所有的專門科學。

無論如何，醫學系畢業後，他沒有去任神職。他並沒有表現出特別的虔誠，無論是在醫生生涯之初還是現在，都不像個宗教人士。

他的外表像農民那樣粗笨，他的臉、鬍子、平直的頭髮和結實笨重的身材看起來就像那種在大路旁開酒館的老闆，吃得多、不自律、脾氣暴躁。他面相凶狠，青筋暴露，小眼睛，紅鼻子。他個子高，肩膀寬，大手大腳，好像只要一拳就能要了人的命。可是他走路時腳步卻很輕，小心翼翼，躡手躡腳。如果跟人在狹窄的走道相遇，他總是先停下來讓路，說「抱歉」。而且他的嗓音不是你預想的男低音，而是又細又柔的男高音。他的脖子上有個不大的腫塊，不能穿漿過的硬領子，所以他總是穿亞麻布或棉布襯衫。

總之他的裝束不像個醫生，一套衣服他一穿就是十來年，而新衣服（他通常在猶太人的鋪子裡買衣服）穿在他身上和舊衣服一樣顯得又舊又皺。他看病、吃飯和做客時都穿著同一件禮服，但這不是出於吝嗇，而是因為他對自己的外表完全不注意。

當安德烈．葉菲梅奇來到本城就職時，這個「慈善機構」的狀況非常糟。病房裡、走道裡、醫院的院子裡臭氣熏天，讓人喘不過氣來。醫院的雜役、女護士和她們的孩子跟病人一起住在病房裡，大家抱怨蟑螂、臭蟲和老鼠鬧得人不得安寧。外科病房裡總是有人得丹毒。整個醫院只有兩把手術刀，沒有一個體溫計，浴室裡存放著馬鈴薯。總務管理員、被服管理員和醫士都敲詐病人，至於安德烈．葉菲梅奇前任的老醫生，人家說他偷偷賣醫院的酒精，還和很多女護士及女病人都有一腿，加起來足有一個後宮。

城裡的人對這些不像話的事情很清楚，甚至說得添油加醋，但是卻安之若素。一些人辯護說，住院的都是小市民和農民，他們不可以不滿，因為他們家裡的條件比醫院要差得多，莫非他們還要吃松雞不成！另一些人辯護說，沒有地方自治會的幫助，一個城市無力維持好一座醫院，感謝上帝，醫院雖然不好，但總算有一所。而成立不久的自治會藉口城裡已經有了醫院，在城裡和城郊都沒開辦醫療站。

安德烈．葉菲梅奇查看完醫院得出結論，這是一個沒有道德的、對居民健康極其有害的機構。按他的意見，最明智的做法就是放病人走，把醫院關掉。但他又考慮，要做到這一點，單靠他一個人的意志是不夠的，而且這麼做也沒有益處：如果把身體和道德的汙物從一個地方趕走，它一定會轉移到另一個地方，應該等著它自生自滅。再說，既然有人開辦了醫院並且能容忍它的存在，就說明他們需要它。偏見和所有這些生活中的醜陋汙穢的東西之所以必要，是因為它們會慢慢變成某種有益的東西，就像糞肥會變成沃土。世界上所有美好的東西起初都包含著汙穢。

看來，安德烈．葉菲梅奇就職以後對混亂的狀況相當無動於衷。他只是請雜役和女護士不要住在病房，然後購置了兩櫃子醫療器械。至於總務管理員、被服管理員、醫士和外科的丹毒，則像以前一樣。

安德烈．葉菲梅奇極為熱愛智慧和誠實，可是要在自己的身邊建立合理和誠實的生活，他卻缺乏意志力，也不確信自己有權這麼做。他完全無法下命令、禁止或堅持什麼。他好像發過誓，永遠不提高聲音，不使用命令式[3]似的。他很難說「拿來」或「送來」，當他想吃飯時，他會遲疑地咳嗽兩聲，對廚娘說「來點茶好不好……」或「我是不是吃個飯」。至於對總務管理員說「不要偷東西」，或把他開除，或乾脆取消這個不需要的寄生職位——他可完全無力做到。當別人騙他，或是諂媚他，或是拿著明明是偽造的帳目讓他簽字時，安德烈．葉菲梅奇的臉就會紅得像蝦子一樣，覺得很內疚，但他還是會簽字的。當病人向他抱怨吃不飽或護士態度粗魯時，他就會很窘迫，抱歉地含含糊糊地說：

「好，好，我再確認一下……可能是個誤會……」

起初安德烈．葉菲梅奇工作很努力。他從早到晚地看診、做手術，甚至接生。婦女說他對病人很關心，診斷病情很準，特別擅長治療兒科和婦科的病。可是隨著時間的推移，由於這份工作很單調而且顯然沒什麼用處，他明顯地倦怠了。今天你看了三十個病人，明天一看，病人增加到了三十五個，後天成了四十個，這樣日復一日、年復一年，城裡的死亡率並沒有下降，病人還是不停地來。

從早到晚看診四十個病人，體力不允許他看得很仔細，也就是說，看病不由自主地成了一次欺騙。一年看診一萬兩千個來看病的病人，不客氣地說，就是欺騙一萬兩千人。至於

3 俄語的一種句式，用於命令和要求等。

讓重症病人住院並按科學程序替他們治病也是不可能的，因為程序是有的，但科學卻沒有。如果像別的醫生一樣把哲學放在一邊，只刻板地執行程序，那麼為此首先需要乾淨且通風的診室，而不是骯髒的環境；需要健康的食物，而不是用發臭的酸白菜做的湯；需要優良的助手，而不是竊賊。

再說，既然死亡是每個人不可避免的正常結局，又何苦干預人的死亡呢？一個小販或小官吏多活五年或十年又能怎麼樣呢？如果把用藥物減輕痛苦當做醫學的目的，那不禁要問一個問題：為何要減輕痛苦？首先，據說痛苦可以使人走向完美；其次，如果人類真的能學會用藥水和藥片減輕自己的痛苦，就會完全拋棄宗教和哲學。而迄今為止，正是在宗教和哲學中，世人不僅尋找避免一切苦難的辦法，還尋找幸福。普希金臨死前經受了可怕的折磨，可憐的海涅癱瘓不起好幾年，那麼一個小小的安德烈．葉菲梅奇或馬特琳娜．薩維什娜就不能生點病嗎？要不是受點痛苦，他們的生活簡直沒有什麼內容，就像阿米巴蟲的生命一樣完全是空虛的。

這種想法使安德烈．葉菲梅奇很灰心，於是他就懈怠起來，不再每天去醫院了。

六

他的生活是這樣過的。通常他早上八點左右起床、洗漱、喝茶，然後他在書房裡坐著讀書或者去醫院。在醫院這裡，等著看病的門診病人坐在又窄又黑的走道上，他們身邊跑過雜役和護士（他們的靴子踩在磚地面上咚咚地響），走過穿著病人袍子的瘦弱病人，抬過死人和汙物，孩子在哭鬧，過堂風在吹。

安德烈·葉菲梅奇知道對於有寒熱病的病人、結核病人，以及所有敏感的病人來說，這樣的條件是很受罪的，可是有什麼辦法呢？在診室迎接他的是醫士謝爾蓋·謝爾蓋伊奇，他身材矮胖，胖臉刮得精光，洗得乾乾淨淨的，態度穩重柔和，穿著嶄新寬大的正裝，更像樞密官，而不是醫士。他在城裡出診很多，打著白領結，自以為比從不出診的醫生醫術更高。

診室一角的神龕裡立著一個大聖像，聖像前有一盞笨重的長明燈，聖像邊是蒙著白套子的高燭臺，牆上掛著主教的肖像、聖山修道院的風景和一些已經乾枯的矢車菊花環。謝爾蓋·謝爾蓋伊奇篤信宗教，喜歡莊嚴的東西，聖像也是他出錢設置的。根據他的安排，每個星期天由一個病人大聲念讚美詩，而後謝爾蓋·謝爾蓋伊奇會搖著香爐走遍各個病房去散香。

病人很多，而時間很少，所以他看病僅限於簡短的問診，開點像氨塗劑或蓖麻油這樣的藥。安德烈·葉菲梅奇用拳頭撐著臉頰坐在那裡，沉吟片刻，機械性地提問，謝爾蓋·謝爾蓋伊奇也坐著，搓著手，偶爾插個話。

「我們得病、受窮，」他說，「是因為我們沒有好好向仁慈的上帝祈禱。沒錯！」

看診時，安德烈·葉菲梅奇完全不做手術，他早就不習慣做手術了，看見血他會感到緊張和難受。當他需要把孩子的嘴撐開以便查看嗓子，而孩子哭喊著用小手抵擋時，耳邊的哭喊聲就會讓他頭暈，眼睛裡湧上淚水。他急忙開了藥，擺手讓女人趕緊把孩子帶走。

過不了多久他就煩了：畏畏縮縮、說不清楚病情的病人，身邊的這位莊嚴的謝爾蓋·謝爾蓋伊奇、牆上的肖像，以及他自己那些一成不變地問了二十多年的問題都讓他厭煩。他看完五、六個病人就走，其他的病人就由醫士一個人看了。

安德烈·葉菲梅奇愉快地想著，感謝上帝，他早就不私人行醫了，現在沒有人會打擾他了。他回到家，在書房裡，緩緩地坐到桌子後面，開始閱讀。他讀得很多，興致很高。他一半的薪水都用來買書了。他的住房裡有六個房間，其中三個都堆滿了書和舊雜誌。他最喜歡歷史和哲學讀物，醫學方面他只訂一份《醫生》雜誌，而且總是從雜誌的最後讀起。

他的閱讀總是不間斷地持續幾個小時，而他並不覺得累。他不像伊凡·德米特里奇從前那樣讀得很快很急，而是慢慢細讀，遇到他喜歡或不明白的地方就停下來。書的旁邊永遠有一瓶伏特加、一根酸黃瓜或一個鹽漬蘋果，直接放在桌布上，不用盤子盛。每過半個小時，他眼睛不離開書，給自己倒一小杯酒喝下去，然後，不用眼睛，只用手摸索著拿到黃瓜，咬下來一小塊。

三點鐘他小心地走到廚房門口，咳嗽一聲，說：

「達留什卡，我是不是吃個飯……」

午飯很不怎麼樣，也不乾淨，飯後安德烈．葉菲梅奇把兩手交叉在胸前，在各個房間踱著步想問題。鐘敲了四點，然後又敲了五點，而他還在踱步和想問題。偶爾廚房的門響一聲，達留什卡紅撲撲的愛睡臉就會從裡面探出來。

「安德烈．葉菲梅奇，您是不是該喝啤酒了？」她憂心忡忡地問。

「不，還沒到時間……」他回答，「我再等等……再等等……」

一般來說，傍晚時郵政局局長米哈伊爾．阿維里揚內奇會來，安德烈．葉菲梅奇覺得在本城唯有與這個人的交往不是負擔。米哈伊爾．阿維里揚內奇曾經是個有錢的地主，曾在驃騎軍團服役，可是後來破產了，迫於貧窮，臨老去了郵政部門任職。他的外貌顯得精神飽滿、健康，留著講究的灰色絡腮鬍，舉止得體，嗓音洪亮悅耳。他善良而重感情，可是脾氣暴躁。要是郵局的某個顧客提出抗議、表示異議或只是議論一下，米哈伊爾．阿維里揚內奇就會全身發抖，聲音洪亮地大叫：「住口！」所以郵局早就被視為可怕的機構了。米哈伊爾．阿維里揚內奇喜歡安德烈．葉菲梅奇，因為他有教養，心靈高尚，而對其他俗人，他的態度則很倨傲，就好像對自己的下屬一樣。

「我來了！」進了門，他邊走近安德烈．葉菲梅奇邊說，「您好，我親愛的！我大概已經讓您煩了吧，啊？」

「正相反，很高興，」醫生回答他說，「我總是很高興見到您。」

兩個朋友在書房的長沙發上坐下，沉默地抽一會兒菸。

「達留什卡，最好給我們來點啤酒吧？」安德烈．葉菲梅奇說。

他們喝第一瓶酒的時候還是不說話，醫生在沉思，而米哈伊爾．阿維里揚內奇帶著快活又期待的表情，就像有非常有趣的事要說一樣。總是醫生先說話。

「多麼遺憾，」他慢慢地小聲說，搖搖頭，並不看對方（他從不看人的眼睛），「真是遺憾極了，尊敬的米哈伊爾．阿維里揚內奇，我們城裡根本沒有人能聰明有趣地談話，他們不會，也不喜歡。這對我們來說真是太難受了。就連知識分子也不能擺脫庸俗，他們的水準，我跟您說，一點也不比底層高。」

「完全正確，我同意。」

「您自己也知道，」醫生繼續一字一頓地輕聲說，「除了人類智慧的高尚精神的體現，這個世界上的一切都沒有意義、沒有意思。智慧在動物和人之間劃下了一條深深的鴻溝，標誌著人的神性，甚至在一定程度上替代了並不存在的永生。由此可見，智慧是快樂唯一可能的源泉。既然在我們身邊看不到也聽不到智慧，這就意味著我們失去了快樂。沒錯，我們有書，但這完全不同於活生生的交談和交流。如果您允許我打個不恰當的比方，那麼書就相當於樂譜，交談則相當於歌唱。」

「完全正確。」

他們都不出聲了。達留什卡從廚房出來，帶著遲鈍的悲傷表情，用一個拳頭撐著臉，在門口站著聽。

「唉！」米哈伊爾．阿維里揚內奇歎了口氣，「現在的人還能談什麼智慧！」

接著他會說過去的生活是多麼健康、歡樂和有趣，俄羅斯曾經有智慧的知識分子，他們對於榮譽和友誼是多麼看重，他們借給別人錢卻不要借據，不向困難的夥伴伸出援手被看做是可恥的。還有那時的征伐、冒險、戰鬥、朋友、女人，都那麼有模有樣！那高加索，是多麼神奇的地方！有一個貴族軍官的妻子、一個古怪的女人，會在夜裡穿上軍官的衣服，不帶隨從，一人上山，傳說她跟村子裡的一個王爺有私情。

「媽呀，聖母啊……」達留什卡感歎道。

「那時候喝得多豪爽！吃得多大氣！自由主義者又多麼勇敢！」

安德烈．葉菲梅奇似聽非聽，他一口口地啜著啤酒，思索著什麼。

「我經常盼望能和有些智慧的人談談，」他出其不意地打斷米哈伊爾．阿維里揚內奇，說道，「我父親讓我受了很好的教育，可是他受六〇年代思想的影響，強迫我做醫生。我覺得，如果當初不聽他的，現在我會身處智慧活動的最中心，說不定會成為某個大學某個系的一員。當然，智慧也不是一成不變的，它是變動的，但是您已經知道我為何對它如此愛好。生活是令人喪氣的陷阱。當一個有思考力的人成熟了，有了成熟的思想，他就會不由得感到自己身處於沒有出路的陷阱。真的，他從虛無中被喚醒，成為一個生命，這是偶然的，是違背他意志的……何必呢？他想知道自己生存的意義和目的，別人不會告訴他，或是只對他說些荒唐的話；他敲門，卻敲不開；死亡向他走來——這也是違反他的意志的。於是，就像在監獄裡一樣，那些人被共同的不幸綁在一起，當大家湊在一起，就會覺得好受一點，所以當喜歡分析和歸納的人湊在一起，彼此交換驕傲和自由的思想而度過時間，就不會覺得生活在陷阱中。在這個意義上，智慧是不可替代的快樂。」

「完全正確。」

安德烈．葉菲梅奇不看對方的眼睛，繼續談論智慧的人以及和他們的對話，而米哈伊爾．阿維里揚內奇認真地聽他說，並表示同意：「完全正確。」

「您不相信靈魂不死嗎？」郵政局局長忽然問道。

「不，尊敬的米哈伊爾．阿維里揚內奇，我不相信，也沒有信的根據。」

「說實話，我也懷疑。不過，那個，我總覺得我永遠不會死似的。嗨，你這老傢伙，該死了！可是心裡有個聲音悄悄地說：別理那套，你不會死！……」

米哈伊爾．阿維里揚內奇在九點多一點的時候離開，在前廳，他一邊穿外衣，一邊歎息：

「命運把我們帶到了這種窮鄉僻壤！最令人沮喪的是，得死在這裡。咳！……」

七

送走了朋友，安德烈．葉菲梅奇坐下來，重新開始閱讀。夜晚和隨後的深夜都很安靜，沒有一點聲響，時間好像停滯了，和醫生一起在書中凝固了，好像除了這本書和這盞罩著綠燈罩的燈，一切都不存在了。醫生那張像農民一樣粗俗的臉漸漸微笑而明朗起來，那是因為人類智慧的活動使他感動、歡喜。「哦，人為什麼不能永生呢？」他想。為什麼要有腦中樞和腦迴，為什麼要有視覺、語言、自我感覺和天分，如果這一切註定要歸於地下，最終和地表一起變冷，然後沒有意義、沒有目的地隨著地球圍著太陽運轉千萬年？要變冷然後運轉，完全不用無中生有地造人，還賦予他高等得幾乎是神一樣的智慧，然後，好像惡作劇一樣，再把他變成泥土。

物質轉換！可是用這個永生的替代品來安慰自己是多麼怯懦啊！自然界所發生的無意識的過程甚至比人的愚蠢還不如，因為在愚蠢中總還是有意識和意志，而在自然過程中卻著實一無所有。只有對死的恐懼超過自尊的懦夫才會自我安慰說，他的身體會漸漸在草裡、石頭裡、癩蛤蟆裡復活……在物質轉換中看到永生是很奇怪的，恰如在一把名貴的小提琴被摔壞不能用之後奢談琴匣的大好前程。

每當鐘敲響時，安德烈．葉菲梅奇就往軟椅的靠背上一靠，閉目思考一會兒。偶然地，他因受到從書中讀到的好想法的影響，會審視一下自己的過去和現在。過去令人反感，最好不要去回憶。而現在也跟過去一樣。

他知道，當他的思想和正在變冷的地球一起圍著太陽運轉時，就在醫生的住宅旁邊，在主樓裡，世人正在因疾病和身體的不潔而受苦。也許有的人睡不著覺，正在和蟲子奮戰；有的人丹毒發作，或因為包紮過緊而呻吟；也許病人正在和女護士玩牌，喝伏特加。每年有一萬兩千人受騙，整個醫院的事物也跟十二年前一樣建立在偷竊、爭吵、誹謗和裙帶關係之上，建立在拙劣的欺騙之上，醫院依舊是對居民的健康極為有害的不道德機構。他知道在第六病房的鐵窗背後，尼基塔在打病人，而莫伊塞伊卡每天在城裡四處乞討。

另一方面，他很清楚，最近二十五年裡，醫學發生了神奇的變化。讀大學時，他覺得醫學很快就會遭遇像煉金術和形而上學一樣的命運。而現在，在夜讀時，醫學卻讓他感動，讓他驚訝，甚至興奮。真的，這是多麼出乎意料的輝煌，多麼了不起的革命！借助於抗菌劑，現在可以做偉大的皮羅戈夫認為甚至連 in spe[4] 都不能做的手術。普通的地方自治會醫生也敢做切除膝關節的手術了，剖腹手術的死亡率只有百分之一，至於結石病已經被看做小事，甚至大家不再就此寫論文了。梅毒已經可以根治，還有遺傳學、催眠術、巴斯德[5]和科赫[6]的發現、統計衛生學，還有我們俄國地方自治會的醫療發展！和過去相比，現在精神病學及其分類、診斷和治療的方法簡直就是一座厄爾布魯士山！現在不往瘋子的頭上澆冷水，也不給他們穿緊身衣，對他們的控制手段人性化了，報紙上甚至說，還為他們演戲劇、辦舞會了。

安德烈．葉菲梅奇知道，按照現在的看法和品味，像第六病房那樣不像話的情況只能存在於一個離鐵路兩百里的小城，在這種地方，市長和地方自治會的所有委員都是半文盲的小市民，他們把醫生看作祭司，無論他幹什麼都得相信，不能批評，哪怕他往病人嘴裡灌融化的錫。如果是在別的地方，公眾和報紙早就把這個小巴士底獄搗得稀巴爛了。

「那又怎麼樣呢？」安德烈．葉菲梅奇打開報紙，自問，「這又怎麼樣？抗感染藥也

---

4 拉丁語，在將來。
5 法國生物學家。
6 德國科學家，微生物學創始人之一。

好，科赫也好，巴斯德也好，事情的本質一點都沒改變。發病率和死亡率依然如故。就算給瘋子辦舞會、演戲劇，還是不會放他們出去。也就是說，一切都是瞎扯、白忙，最好的維也納的醫院和我的醫院並沒有本質區別。」

可是悲憫心和一種類似嫉妒的感覺讓他很難無動於衷，這應該是因為他累了。他腦袋發沉，開始向著書低下去。於是他把手放在臉下面，讓它感覺舒服一些，想道：

「我做著有害的工作，從我欺騙的人那裡賺薪水，我不誠實。但我自己什麼都不是，我只是社會中必要的惡的一部分：全縣的官員都是有害的，白領薪水……這說明我不誠實不是我的錯，是時代的錯……如果我晚生兩百年，就會是另外一個樣子。」

鐘敲了三下時，他熄燈去臥室了。可是他不想睡。

八

兩年前，地方自治會慷慨地批准，在開辦地方自治會醫院之前，每年撥三百盧布供本城醫院增加醫務人員。縣醫生葉甫蓋尼·費奧多雷奇·霍波托夫被聘為安德烈·葉菲梅奇的助手。這個人很年輕——還不到三十歲，他是高個子，寬顴骨，小眼睛，有一頭深色的頭髮，他的祖先可能是亞洲人。他來時一文不名，只帶了一個小箱子和一個長得不好看的年輕女人，他說這是他的廚娘。這個女人帶著個吃奶的孩子。

葉甫蓋尼．費奧多雷奇戴著有帽簷的制帽，穿高筒靴，到了冬天會穿半截的皮大衣。他跟醫士謝爾蓋．謝爾蓋伊奇和倉庫管理員關係密切，對其他的官員，他不知為何稱他們為貴族，總躲著他們。他的住處總共只有一本書——《維也納醫院一八八一年最新藥方》。他去看病人時總是帶著這本書。晚上他會在俱樂部玩桌球，但不喜歡打牌。跟人說話時，他特別喜歡用一些不文不白、怪裡怪氣的詞語。

他每週到醫院兩次，查房、看診。他看到醫院完全不用消毒方法，卻用放血吸杯治病，很是生氣，可是並沒有採用新措施，因為怕這樣會惹安德烈．葉菲梅奇不快。他認為自己的同事安德烈．葉菲梅奇是個老騙子，懷疑他有很多錢，暗暗嫉妒他，很想取而代之。

九

一個春天的傍晚，當時是三月底，地上已經沒有雪，椋鳥在醫院的花園裡唱歌。醫生送他的朋友郵政局局長出大門，正碰上猶太人莫伊塞伊卡乞討回來。他沒戴帽子，光腳穿著淺腰的套鞋，手上拿著一個小口袋，裡面是討來的東西。

「給一個銅板吧！」他對醫生說，同時冷得直發抖。

安德烈・葉菲梅奇從來不會拒絕，就給了他一個十戈比的硬幣。

「這太糟了，」他看著他的赤腳和發紅的瘦腳踝，心想，「腳都溼了。」

他產生了一種既像憐憫又像嫌棄的感覺，於是跟著這猶太人朝小屋走去，眼睛時而看看他的禿頭，時而看看他的腳踝。醫生一進門，尼基塔就從破爛堆上跳起來，挺直了身子。

「你好，尼基塔，」安德烈・葉菲梅奇溫和地說，「你看是不是給這個猶太人一雙靴子，要不他會感冒的。」

「遵命，閣下！我會報告總務管理員。」

「麻煩你了。你以我的名義請求他，就說是我請他發的。」

前室通往病房的門是開著的，伊凡・德米特里奇正躺在床上，他用手肘撐著微微抬起身，不安地傾聽著陌生人說話。忽然他認出了醫生。因為憤怒，他全身發抖，跳了起來，他的臉通紅，一副凶相，瞪大了雙眼，跑到病房的中間。

「醫生來了！」他喊了一聲，哈哈大笑起來，「終於來了！各位先生，恭喜你們，醫生大駕光臨，我們不勝榮幸！該死的惡棍！」他尖叫一聲，瘋狂地跺了一下腳，他在這個病房還從來沒有這麼發作過，「打死這個惡棍！不，打死都不行！在糞坑裡淹死他！」

安德烈・葉菲梅奇聽到這句話，從前室往病房裡看了一眼，溫和地問：

「為什麼？」

「為什麼？」伊凡．德米特里奇喊道，帶著威脅的樣子，痙攣地裹緊袍子向他走過來，「為什麼，賊！」他厭惡地說出這個詞，嘴唇做出好像要吐口水的動作，「騙子！劊子手！」

「冷靜一下吧，」安德烈．葉菲梅奇抱歉地微笑著，說道，「我向您保證，我從來沒偷過任何東西，至於別的話，您大概說得太過火了。我看出來了，您生我的氣。冷靜一點，我拜託您，如果可以，請您心平氣和地說說，您為什麼生氣？」

「您為什麼把我關在這裡？」

「因為您病了。」

「是啊，我病了。可是有幾十、幾百的瘋子隨便亂晃，因為大人您分不清瘋子和健康人。為什麼我和這幾個不幸的人應當替大家被關著，當代罪羔羊？您、醫士、管理員和你們醫院的所有烏合之眾比我們中的每一個人在道德上不知低到哪裡去了，為什麼我們被關，你們不被關？這是什麼邏輯？」

「這跟道德和邏輯都沒關係。一切都是偶然。把誰關起來，他就被關著了；沒把誰關起來，他就隨便走動。就是這麼回事。我是醫生，你是瘋子，這裡面既沒有道德，也沒有邏輯，純粹是偶然而已。」

「我不懂這廢話。」伊凡．德米特里奇悶聲說了這麼一句，坐在了自己的床上。

尼基塔當著醫生的面不好搜莫伊塞伊卡，於是莫伊塞伊卡把東西攤在自己的床上：幾塊麵包、幾張紙和小骨頭等。他還冷得發抖，用很好聽的希伯來語很快地說著什麼。他大概想像著自己開了雜貨店。

「放我出去。」伊凡．德米特里奇說，他的聲音發抖。

「我不能。」

「但為什麼呢？為什麼？」

「因為這不在我的權力範圍內。您想想，我放您出去，對您有什麼好處呢？您出去了，肯定還會被市民或警察抓住送回來的。」

「是，是，這是真的……」伊凡．德米特里奇說，然後擦擦自己的頭，「這太可怕了！但我該怎麼辦？怎麼辦？」

安德烈．葉菲梅奇對伊凡．德米特里奇的聲音和他年輕聰明卻帶著愁苦的臉產生了好感，他想對他好一點，想安撫他。他跟他並排坐在床上，想了想，說道：

「您問，怎麼辦？以您的情況，最好是從這裡逃走。但是很遺憾，這沒有用。您會被抓住的。當社會想把罪犯、精神病人和所有麻煩的人隔離起來，它肯定能做到。您只剩下一條路：認為您必須在這裡，冷靜下來。」

「這對誰都沒用。」

「既然有監獄和精神病院，就得有人關在裡面。不是您就是我，不是我就是別的什麼人。等著吧，在遙遠的將來，這些監獄和精神病院都將不復存在，那樣也就不會有窗戶上的鐵條和病人袍。當然，這樣的時候遲早會到來。」

伊凡．德米特里奇嘲諷地笑了。

「您真會開玩笑，」他瞇起眼睛說，「像您和您的助手尼基塔這類先生跟將來沒有一點關係，可是您放心，仁慈的國王，好的時代會來臨的！我說句難聽的，您儘管笑，但新生活的曙光會亮起來的，真理會勝利，——我們也會時來運轉的！我是等不到了，那時我早掛了，可是有的人的後代能趕上。我衷心地向他們致意，為他們高興，高興！前進！願上帝幫助你們，朋友！」

伊凡．德米特里奇兩眼放光，他站起來，向窗戶伸出雙臂，激動地繼續念叨著：

「我在這鐵窗背後祝福你們！真理萬歲！我高興！」

「我不覺得有什麼特別值得高興的理由，」安德烈．葉菲梅奇說，他覺得伊凡．德米特里奇的動作好像演戲，同時又讓他很喜歡，「那時候不再會有監獄和精神病院，就像您說的，真理會勝利，但是事情的本質不會變，自然規律依舊。大家還是會像現在一樣生病，變老，死去。不管照耀您的生命的霞光多麼燦爛，最後您還是會被裝進棺材，釘上釘子，扔進土坑裡。」

「那永生呢？」

「哦，算了吧！」

「您不相信，沒關係，我信。杜斯妥也夫斯基或是伏爾泰書裡的某個人物說過，如果沒有上帝，世人也會想出一個上帝。我則深信，如果沒有永生，那人類的偉大智慧遲早會把它造出來。」

「說得好，」安德烈．葉菲梅奇說，他微笑著，感到聊得很不錯，「您相信，這很好。帶著這樣的信念，就算被囚禁在高牆裡也可以生活得很愉快。請問，您在哪裡受過教育嗎？」

「是的，我上過大學，可是沒畢業。」

「您是個愛思考、有思想的人。在任何情況下您都可以在自己的內心找到平靜。致力於理解生活真諦的自由而深刻的思想，對俗世愚蠢的奔忙的完全蔑視——這是人所能有的兩種最高的滿足。您可以擁有這兩種滿足，就算您生活在三重鐵欄之內。第歐根尼[7]住在木桶裡，但他比世界上所有的皇帝都幸福。」

「您的這位第歐根尼是個傻瓜，」伊凡．德米特里奇陰鬱地說，「您幹嘛要說什麼第歐根尼，什麼理解生活真諦？」他發怒了，突然跳了起來，「我愛生活，愛得要命！我有被害妄想症，我總是被恐懼折磨，可是有時候，我充滿對生活的渴望，那時候我就害怕發瘋。我非常想生活，想極了！」

他情緒激動地在病房裡走來走去，壓低聲音說道：

「當我想入非非時，我就會出現幻覺。一些什麼人朝我走來，我聽到說話聲、音樂聲，覺得我在森林裡或者在海邊徜徉，那時我就渴望忙碌和紛擾……請告訴我，外面有什麼新鮮事？」伊凡·德米特里奇問道，「外面怎麼樣？」

「您是想知道城裡的事情還是想知道所有的事？」

「嗯，先跟我說說城裡的事，然後再說所有的事。」

「說什麼呢？城裡無聊死了……沒有說話的人，也沒有什麼人的話值得聽。沒有新人。對了，不久前來了一個年輕大夫霍波托夫。」

「我還活著居然就有人來了。怎麼樣，是個俗物吧？」

「是啊，是沒教養的人。奇怪，您知道嗎……從各種情況來看，在我們的大城市裡，智力活動正在進行，並沒有停滯，這說明那裡有真正的人。但不知為何，每次從那裡給我們派來的都是讓人看不下去的人。不幸的城市！」

「是啊，不幸的城市！」伊凡·德米特里奇歎了口氣，笑了，「整體情況怎麼樣呢？報

---

7 古希臘哲學家。

紙和雜誌上在寫些什麼？」

病房裡已經暗下來了。醫生站起來，開始站在那裡講國外和俄羅斯的書刊上在寫什麼，現在出現了什麼思潮。伊凡．德米特里奇認真地聽著，有時提個問題。但突然間，他好像想起了什麼可怕的事情，抱住腦袋，背對著醫生躺到了自己的床上。

「您怎麼了？」安德烈．葉菲梅奇問道。

「您再也聽不到我說一個字了！」伊凡．德米特里奇粗魯地說，「走開！」

「到底為什麼？」

「我跟您說了，走開！問什麼鬼？」

安德烈．葉菲梅奇聳聳肩，歎了口氣，走了。路過前室時，他說：

「最好把這裡打掃一下，尼基塔……味道太難聞了！」

「遵命，大人！」

「真是個討人喜歡的年輕人！」安德烈．葉菲梅奇在回住處的路上想道，「我在這裡住了這麼久，這大概是第一個可以說說話的人。他會思考，感興趣的正是最有用的東西。」

他讀書和就寢時一直想著伊凡．德米特里奇。第二天早上醒來，他想起昨天認識了一個有頭腦、有趣味的人，於是決定只要一有空就再去看他。

十

伊凡·德米特里奇躺在床上，姿勢和昨天一樣，兩手抱著頭，蜷著腿，看不到他的臉。

「您好，我的朋友，」安德烈·葉菲梅奇說，「您沒睡著吧？」

「第一，我不是您的朋友，」伊凡·德米特里奇頭埋在枕頭裡，說道，「第二，別白費力氣，您從我嘴裡得不到一個字。」

「怪事……」安德烈·葉菲梅奇難堪地嘟囔道，「昨天我們聊得好好的，可是突然間您不知為何生氣了，馬上翻臉了……也許我哪句話沒講好，或者，也許我說的想法跟您的觀念不一致……」

「哼，我才不相信您呢！」伊凡·德米特里奇微微抬起身，一雙發紅的眼睛嘲笑又不安地看著醫生，說，「您可以到別的地方去刺探和試探，在這裡您什麼都得不到。我昨天就明白您是來幹什麼的了。」

「奇怪的幻覺！」醫生笑道，「這麼說來，您認為我是偵探？」

「對，我就是這麼認為的……偵探也好，是他們派來試探我的醫生也好，全都一樣。」

「嗐！說實在的，您可真是個——對不起——怪人！」

醫生坐在床邊的凳子上，責備地搖搖頭。

「但是，就算您是對的，」他說，「就算我背信棄義地套出您的話，把您告到警察局，您被捕了，然後判了罪，難道您在法院和監獄的處境會比在這裡更壞嗎？要是判了終身流放甚至苦役，難道就比關在這個屋裡更壞？我覺得，並不比這裡壞……那還有什麼可怕的呢？」

看來這些話對伊凡．德米特里奇產生了作用，他平靜地坐了起來。

這時候是傍晚四點多，安德烈．葉菲梅奇通常會在家裡的各個房間裡晃來晃去，達留什卡會在這個時候問他是不是該喝啤酒了。外面是風和日麗的天氣。

「我飯後出來散步，順便來看看。您瞧，」醫生說，「完全是春天了。」

「現在是幾月？三月？」伊凡．德米特里奇問道。

「是，三月底。」

「外面到處都是泥水吧？」

「不，泥水不太多。花園裡已經露出小徑了。」

「這時候坐馬車去郊外的什麼地方很好，」伊凡．德米特里奇揉揉發紅的眼睛，好像半睡半醒地說，「然後回到家裡溫暖舒適的書房，再……請個像樣的醫生治治頭痛……我已經很久沒過人的生活了。這裡很差勁！差勁得讓人受不了！」

在昨天的興奮之後，他明顯疲倦，萎靡不振，不愛說話。他的手指在發抖，從他的臉色可以看出，他頭痛得厲害。

「在溫暖舒適的書房和在這個病房之間沒有任何區別，」安德烈．葉菲梅奇說，「人的平安和滿足不在身外，而在內心。」

「什麼意思？」

「一般人生活得好與壞取決於身外之物，就像馬車啦、書房啦，而有思想的人生活得好壞取決於自己。」

「您去希臘宣揚這個哲學吧，那裡天氣溫暖，散發著酸橙的香味。在這裡它跟氣候不合。我跟誰說到第歐根尼的？是跟您嗎？」

「是啊，昨天跟我談過。」

「第歐根尼不需要書房和溫暖的住處：那裡本來就很熱。你可以躺在你的木桶裡吃柳丁和橄欖。你把他帶到俄羅斯來生活試試，不要說十二月，就是五月他也得住在房子裡。要不他就會凍得縮成一團。」

「不，寒冷，就像所有的痛苦一樣，可以感受不到。馬可．奧里略說：『痛苦乃是關於痛苦的生動概念，你要堅定意志，改變這種想像，把它扔開，停止抱怨，痛苦就會消失。』這話有道理。智者，或只是勤於思考並善於思考的人，他們的特點正是蔑視痛苦，他總是滿足，對什麼都不感到吃驚。」

「這麼說來我是白癡，因為我痛苦，不滿，對人的卑鄙感到吃驚。」

「您不必這麼想。只要您多思考一下就會明白，那些讓我們情緒起伏的外在的東西是多麼微不足道。應該盡力理解生活的真諦，真正的幸福就在其中。」

「理解……」伊凡．德米特里奇皺了皺眉頭，「外在的，內在的……對不起，我不懂這些。我只知道，」他站起來生氣地看著醫生，說道，「我知道上帝是用熱血和神經造就我的，沒錯！機體只要是活的，就應該對所有的刺激做出反應。我就有反應！有痛苦我就會叫會哭，看見卑鄙我就憤怒，看到齷齪我就厭惡。我恰恰認為這才叫生命。生物越是低級，就越不敏感，對刺激的反應就越弱。越是高級的生物，就越會對現實做出敏銳和強烈的反應。誰不知道這個？一個醫生卻連這點事都不知道！要蔑視痛苦，總是滿意，對什麼都不吃驚，那要到這種地步，」伊凡．德米特里奇指指那個滿身肥肉的胖農民，「或是用痛苦把自己煉得對痛苦沒有一點感覺，也就是，換句話說，停止生活。請原諒，我不是智者，也不是哲學家，」伊凡．德米特里奇激動地接著說，「我一點也不明白這個。我分析不來。」

「正相反，您分析得很好。」

「您仿效的那些斯多葛學派[8]的人是很卓越的人，但他們的學說兩千年前就停滯不前了，絲毫沒有向前發展，今後也不會發展，因為它不實用，沒有生命力。它只在靠研讀和品味各種學說中消磨生命的少數人中有市場，大部分人理解不了。絕大多數人根本不理解那種宣揚漠視財富和舒適生活、蔑視痛苦和死亡的學說，因為大多數人從來沒擁有過財富和舒適的生活。對他們來說，蔑視苦難就是漠視生活本身，因為這些人的全部生活就是感受飢寒、屈辱、損失和對死亡的哈姆雷特式的恐懼。整個生活就是這些感覺，他可以因生活而苦惱，可以憎恨它，但不能蔑視它。是的，就是這樣，我再說一遍，斯多葛學派的學說永遠不可能有前途，正如您看到的，從開天闢地到今天，世人的抗爭、對痛苦的敏感和回應刺激的能力是與時俱進的……」

伊凡·德米特里奇思路忽然斷了，他停下不說了，煩躁地擦了一下額頭。

「我想說一個重要的東西，可是接不上了，」他說，「我要說什麼呢？對了，我是說：斯多葛學派中有個人曾為了救自己的親人而賣身為奴隸。所以您瞧，一個斯多葛學派的人也會對刺激有反應，因為如果一個人能做出為了親人而讓自己忍受屈辱這種捨己為人的行為，他就一定要有一顆會憤怒、會同情的心。我在這座監獄裡把學過的東西都忘記了，否則我還能想起些什麼。就拿基督來說怎麼樣？基督對於現實的反應或是哭，或是笑，或是悲傷，或是氣憤，甚至是苦惱。他不是含笑走向痛苦，也沒有蔑視死亡，而是在客西馬尼花園祈禱免

8 古希臘哲學流派，主張順應自然、清心寡欲，宣揚宿命論。

遭此劫[9]。」

伊凡·德米特里奇笑起來，他坐了下來。

「就算人的平安和滿足不在他的身外，而在他的內心，」他說，「就算應該蔑視痛苦，對什麼都不感到吃驚，但您憑什麼宣揚這些？您是智者嗎？還是哲學家？」

「不，我不是哲學家。可是每個人都應該宣揚這些，因為這是合理的。」

「不，我想知道，您為何認為自己在理解生活、蔑視痛苦和諸如此類的事情中有發言權？難道您曾經受過苦嗎？您知道什麼是痛苦嗎？我問一聲，您小時候挨過揍嗎？」

「沒有。我的父母對體罰很反感。」

「我父親揍我揍得特別狠。我父親是個得了痔瘡的專橫文官，長鼻子，黃脖子。可是還是說您吧。一輩子從來沒有人動過您一個指頭，沒人嚇唬過您，沒人打過您。您健壯得像頭公牛。您在父親的庇護下長大，用他的錢上學，然後馬上抓到了個好差事。二十多年來，您住的都是免費的房子，取暖、照明、女僕都不花錢，同時有權想怎麼工作就怎麼工作，想做多少就做多少，哪怕什麼都不做也行。您天性懶散，所以盡量讓自己的生活不被任何事驚擾，什麼都原封不動。您把工作交給醫士之流的壞蛋，自己待在暖和安靜的家裡，存錢，讀讀書，想想各種高尚的廢話，喝喝酒（伊凡·德米特里奇看了看醫生的紅鼻子），愉悅自己。一言以蔽之，您沒有見過生活，完全不瞭解生活，對現實只有理論上的認識。您蔑視痛苦，對什麼都不感到吃驚，原因很簡單：什麼萬事皆空，什麼對生活、痛苦、死亡、外在的和內心的蔑視，什麼理解生命的真諦，什麼真正的幸福——這一切都是對俄羅斯的懶人最方便的哲學。比方說，您看見一個農民打老婆，為什麼要制止？讓他打好了，反正這兩個人遲早都會死的，再說打人者傷害的不是他打的人，而是他自己。酗酒愚蠢、不體面，可是喝也會死，不喝也會死。來了個牙痛的女人……那又怎麼樣？痛苦就是對痛苦的觀念，況且這個世界上沒有過不去的痛苦，因為大家都會死，所以，你這個女人，走開，別打擾我思考和喝酒。年輕人請您建議該做什麼行業、怎麼生活，別人回答之前會好好想想，而您有現成的答案：盡力理解生活的真諦或追求真正的幸福。可是這個神奇的『真正的幸福』到底是什麼？當然沒有答案。我們被關在鐵窗後面，在這裡腐爛、受罪，可是這很好，很有道理，因為這個病房和溫暖舒服的書房沒有任何區別。真是方便的哲學，既無所事事，又良心平安，還覺得自己是個智者……不，先生，這不是哲學，不是思想，不是視野開闊，而是懶惰，是托缽僧的作風，是渾渾噩噩……是的！」伊凡．德米特里奇又生氣了，「您蔑視痛苦，但只要用門把您的手指夾一下，您就扯著喉嚨叫起來了！」

「也可能不叫。」安德烈．葉菲梅奇溫和地笑了一下。

9 見《新約．馬太福音》。

「是啊，當然了！那麼如果您中了風，或者，假如說，一個傻瓜或下流的傢伙仗著他的地位或官銜當眾羞辱了您，而您知道他不會因此受到懲罰……哼，那時候您就知道怎麼指導別人去理解生活的真諦和得到真正的幸福了。」

「這倒新鮮，」安德烈．葉菲梅奇說，他滿足地笑著，搓著手，「您對總結的愛好讓我吃驚又愉快，至於您剛才對我的描寫，真是太精彩了。我承認，和您談話讓我得到了巨大的滿足。好吧，我聽了您的話，現在麻煩您聽我說說……」

十一

這場談話又持續了將近一個小時，看起來，它給了安德烈．葉菲梅奇很深的觸動。他開始每天來小屋，早上去，午飯後也去，經常跟伊凡．德米特里奇一直談到天黑。起初伊凡．德米特里奇防著他，懷疑他要害自己，公開表示敵意，後來習慣了，情緒就不再那麼激烈，而代之以居高臨下的嘲諷態度。

很快，關於安德烈．葉菲梅奇總去第六病房的傳言就在醫院裡傳開了。不管是醫士、尼基塔還是護士都不明白他為何去那裡，為何一待就是好幾個小時，他們談的是什麼，為什麼不開藥。人家覺得他的行為很怪。米哈伊爾．阿維里揚內奇來時他常不在家，以前從來沒有這種情況，達留什卡也被搞得糊裡糊塗，因為醫生不再在固定的時間喝啤酒，有時甚至連回家吃飯都晚了。

有一天，那已經是六月末了，霍波托夫醫生因為一件事沒找到安德烈．葉菲梅奇，就開始在院內各處找他。有人告訴他老醫生去精神病房了。霍波托夫走進小屋，站在前室，聽到了這樣一番對話：

「我們永遠談不來，您不可能讓我接受您的信仰，」伊凡．德米特里奇氣惱地說，「您完全不瞭解現實，您從來沒有受過苦，只是像負泥蟲[10]一樣靠別人的痛苦生活。而我從出生到今天都在不斷受苦，所以坦白地說，我認為我在各方面都比您更高、更有資格。輪不到您教導我。」

「我完全不奢望讓您接受我的信仰，」安德烈．葉菲梅奇小聲說，看來他為對方不願意理解他而感到遺憾，「問題也不在這裡，我的朋友。問題不在於您受過苦，而我沒有。痛苦和歡樂會過去的，我們不談它們，去它們的吧。問題在於我們在想些什麼，我們把彼此看做有能力思考和分析的人，而這讓我們成為體面的人，不管我們的觀點多麼不同。您要知道，我的朋友，我對普遍的狂妄平庸愚鈍厭倦至極，每次和您談話都讓我感到非常快樂！您是有

10 一種水稻害蟲。

智慧的人，我跟您談話感到很愉悅。」

霍波托夫把門開了一條縫，往病房裡看。他看到伊凡．德米特里奇戴著尖頂帽，和安德烈．葉菲梅奇醫生並排坐在床上，那瘋子擠眉弄眼、發著抖、顫巍巍地把袍子裹緊，而醫生坐著不動，低著頭，紅著臉，表情無助、憂鬱。霍波托夫聳聳肩，撇撇嘴，跟尼基塔互看了一眼。尼基塔也聳了聳肩。

第二天霍波托夫和醫士一起來到小屋。兩個人站在前室偷聽。

「我們的老頭可能完全糊塗了。」霍波托夫走出小屋時說。

「主啊，饒恕我們這些罪人吧！」高貴的謝爾蓋．謝爾蓋伊奇歎了口氣，小心繞開水窪，以免弄髒他那雙擦得晶亮的靴子，「老實說，尊敬的葉甫蓋尼．費奧多雷奇，我早就料到會這樣了！」

十二

此後，安德烈．葉菲梅奇發現周圍的氣氛有些怪。雜役、護士和病人在遇到他時會投來疑問的目光，然後交頭接耳。

小女孩瑪莎是總務管理員的女兒，他在醫院花園裡遇到她時總是很高興，可是現在，當他微笑著朝她走過去，想摸摸她的頭，她卻不知為何跑開了。郵政局局長米哈伊爾．阿維里揚內奇聽他講話的時候已經不再說「完全正確」了，而是莫名其妙地局促慌張、支支吾吾地應著「是，是，是……」，並心事重重而憂傷地看著他，他不知為何開始勸他的朋友戒掉伏特加和啤酒，可是作為一個彬彬有禮的人，他不是直接說出這個建議，而是用暗示的方法，一會兒講到一個營長，是個很好的人，一會兒講到一個團裡的神父，一個滿好的小個子，他們喝酒，結果病了，但是戒酒之後就徹底康復了。同事霍波托夫來找了安德烈．葉菲梅奇兩三次，他也建議他不要喝酒精飲料，而且沒頭沒腦地建議他服用溴化鉀。

八月裡安德烈．葉菲梅奇接到市長的來信，請他去一趟，說有一件很重要的事。安德烈．葉菲梅奇在指定的時間來到市政廳，在那裡他看到了地方的軍事長官、縣公立中學的校長、一個市議員、霍波托夫，還有一個淺色頭髮的胖先生，他們向他介紹說是一位醫生。這位醫生有一個很難讀的波蘭姓，住在離城三十里的馬場，現在剛好路過這座城。

「這裡有一個關於您部門的申請，」當大家都問過好，落座之後，市議員對安德烈．葉菲梅奇說，「葉甫蓋尼．費奧多雷奇說藥房在主樓有點擠，應該把它搬到一座小屋去。這當然沒什麼，可以搬，可是最主要的問題是，小屋要修繕。」

「是啊，不修繕可不行，」安德烈．葉菲梅奇想了想，說，「如果，比方說，在角落裡的那個小屋作藥房合適，我估計，為此 minimum[11] 需要五百盧布。這是白花錢。」

一時沒人說話。

「十年前我已經做過報告了，」安德烈．葉菲梅奇繼續輕聲說，「我認為，對這座城市來說，這樣規模的醫院是一件超過負擔能力的奢侈品。它是四〇年代建的，但那時的環境不一樣。這座城市在不必要的建築和多餘的職位上花費了太多。我覺得，如果換種做法，這些錢可以維持兩所模範醫院。」

「那您就換種做法吧！」市議員馬上接口說。

「我已經做過報告了：請把醫療機構交給地方自治會運作。」

「是啊，把錢給地方自治會，它可就把錢汙了。」淺頭髮的醫生笑起來。

「一貫如此。」市議員表示同意，也笑了。

安德烈．葉菲梅奇頹唐而無精打采地看著淺頭髮的醫生，說：

「說話要公道。」

大家又沉默了。端來了茶。軍事長官不知為何扭捏起來，隔著桌子伸過手來碰碰安德烈．葉菲梅奇的手，說：

「您完全不跟我們來往，醫生。不過，您像個修士，不玩牌，不愛女人。您跟我們這些人在一起很沒意思啊。」

大家都開始說一個正直的人在這座城市的生活是多麼沒意思。沒有劇院，沒有音樂，在俱樂部最近的一次舞會上有近二十位女士，卻只有兩名男舞伴。年輕人不跳舞，不是擠在販賣部旁就是玩牌。安德烈．葉菲梅奇誰也不看，慢慢地輕聲說了起來。他說，很遺憾，極其遺憾，市民把自己的生命力、自己的心思和智力花在打牌和造謠上，而不會也不想在有趣的談話和閱讀中消磨時光，不願享受智慧帶來的滿足。唯有智慧才是有意思而高雅的，其他的一切都是微不足道和低俗的。霍波托夫認真地聽著他的同事說話，忽然問道：

「安德烈．葉菲梅奇，今天幾號？」

得到回答後，他和那個淺頭髮的醫生又問安德烈．葉菲梅奇一些問題，他們的語氣就像是意識到自己很笨拙的考官。他們問今天星期幾，一年有多少天，還問在第六病房是不是住著一個了不起的先知。

回答最後一個問題的時候安德烈．葉菲梅奇臉紅了，說：

「是啊，那是個病人，但是個有意思的年輕人。」

他們再也沒有問他別的問題。

當他在前室穿衣服的時候，軍事長官把手放在他的肩上，歎了口氣，說：

「我們這些老傢伙該退下了！」

---

11 拉丁語，至少。

從市政廳出來，安德烈．葉菲梅奇明白了，這是一個考察他思維能力的專門會議。他想起問他的問題，漲紅了臉，有生以來第一次不知為何對醫學感到深深的痛惜。

「我的天，」回想起剛才兩個醫生測試他的情形，他想，「他們不久前才上過精神病學的課、考過試，——怎麼這麼一竅不通呢？他們一點也不懂精神病學！」

他這輩子頭一次感到屈辱和憤懣。

當天晚上米哈伊爾．阿維里揚內奇來看他。郵政局局長也不問好，而是直接走到他面前，握住他的雙手，用不安的語氣說：

「我親愛的，我的朋友，請保證您相信我是真心喜歡您，把我當做朋友……我的朋友！」他不讓安德烈．葉菲梅奇說話，自己接著說，「我喜歡您有學問，心靈高尚。聽我說，我親愛的。根據科學的規矩，醫生得向您隱瞞真相，可是我要按軍人的作風跟您把話說開來：您病了！原諒我，我親愛的，但這是真的，周圍的所有人早就發現了。現在葉甫蓋尼．費奧多雷奇醫生跟我說，為了您的健康您必須休息和散心。完全正確！好得很！我馬上就會申請休假，去轉換一下心情。請證明您是我的朋友，我們一起去，像年輕時那樣出發！」

「我覺得自己很健康，」安德烈．葉菲梅奇想了想，說道，「我不能走。請允許我換種方式證明我對您的友情吧。」

離開書、達留什卡和啤酒，完全破壞二十年如一日的生活規律，漫無目的地出行——這個主意一時間讓他覺得不可思議。可是他想起在市政廳的談話以及回家路上那種難受的感覺，又覺得，既然這個城裡的一些蠢人把他當做瘋子，暫時離開一陣也是個不壞的主意。

「您到底打算去哪裡？」他問道。

「去莫斯科，去彼得堡，去華沙……我在華沙度過了一生中最幸福的五年。真是一座奇妙的城市！我們去吧，我親愛的！」

十三

一個星期後安德烈．葉菲梅奇被建議休息，也就是要他自己提出辭呈，對此他倒無所謂，就照辦了。又過了一個星期，他已經和米哈伊爾．阿維里揚內奇一起坐上郵車奔向最近的車站了。

天氣涼爽、晴朗，天藍藍的，極目遠望，景物清明。兩百里路他們走了兩天，路上過了兩次夜。如果在郵政驛站喝茶時端來沒洗乾淨的杯子或備馬很慢，米哈伊爾．阿維里揚內奇就會漲紅臉，全身發抖，喊道：「住口！別狡辯！」而坐在車上時，他就一刻不停地講曾經在高加索和波蘭王國的遊歷。有過多少奇遇，見過多少人啊！他說話很大聲，同時眼光表現出極為驚奇的神情，簡直讓人覺得他是在說謊。此外，他講話時會把氣呼到安德烈．葉菲梅奇的臉上，湊在他耳邊哈哈大笑，這讓醫生感到不適，會妨礙他想事情和集中精神。

為了省錢，他們買的是三等火車票，車廂裡不允許吸菸。乘客有一半是乾淨的。米哈伊爾．阿維里揚內奇很快跟所有人都認識了，不時從一張椅子換到另一張椅子，大聲地說不應該坐這趟惱人的火車。完全是騙局！騎馬就不一樣了：一天就能跑一百里，而且感覺又健康又清爽；我們這一帶收成不好是因為把平斯克沼澤排乾了。總之，一切都亂七八糟。他情緒激昂，說話很大聲，也不讓別人說話。這沒完沒了的閒扯和高聲的大笑、誇張的手勢相交替，安德烈．葉菲梅奇煩透了。

「我們倆到底誰是瘋子？」他煩惱地想，「是我這個盡量不做任何打擾其他乘客的事的人，還是這個自私鬼，他認為他比所有人都聰明有趣，所以不讓任何人安寧？」

在莫斯科，米哈伊爾．阿維里揚內奇穿上了不帶肩章的軍服和緄紅邊的褲子。在街上，他戴著軍帽，穿著軍大衣，路上的士兵會向他敬禮。現在安德烈．葉菲梅奇覺得這個人把他以前擁有的貴族作風中好的部分都丟掉了，只剩下了壞處。他喜歡讓人伺候他，即使完全沒必要。火柴就放在他面前的桌子上，他也看見了，卻要喊人給他送火柴；當著女僕的面他好意思只穿內衣；對所有侍者都不加分別地一律稱呼「你」，哪怕是個老人，發起脾氣來就叫他們笨蛋、傻瓜。安德烈．葉菲梅奇認為這確實是老爺作風，但是很討厭。

米哈伊爾．阿維里揚內奇首先把他的朋友帶到伊維爾斯庫教堂。他熱烈地禱告，含淚磕頭，禱告完之後，深深地歎了口氣，說道：

「就算你不信上帝，禱告完心裡也安定些。吻聖像吧，親愛的。」

安德烈．葉菲梅奇不知所措，貼了一下聖像，而米哈伊爾．阿維里揚內奇努著嘴唇，搖著頭，小聲祈禱，眼睛裡又轉起了淚水。然後他們去克里姆林宮，看了沙皇炮和沙皇鐘，甚至用手指碰了碰它們，又欣賞了莫斯科河南岸的風景，去了救世主大教堂和盧米揚采夫博物館。

他們在傑斯托夫餐廳吃飯。米哈伊爾．阿維里揚內奇看了菜單很久，摸著絡腮鬍，說話的語氣好像他是一個對餐廳習以為常、就像自己家一樣的人：

「讓我們看看，今天您準備給我們吃點什麼，天使！」

十四

醫生走路、觀看、吃喝，可是只有一個感覺：他很煩米哈伊爾．阿維里揚內奇。他想躲開他的朋友，藏起來，喘口氣，但他的朋友卻認為自己有責任一步不離地跟著他，想方設法帶他遊玩。等沒什麼可看的了，他就用聊天來給他散心。

安德烈・葉菲梅奇忍了兩天，但到了第三天，他對朋友說，他不舒服，想一整天都待在旅館裡。他的朋友說，那麼自己也留下。真需要休息一下了，腿都累壞了。安德烈・葉菲梅奇臉朝靠背躺在長沙發上，咬著牙聽他的朋友高談闊論。他的朋友情緒激昂地說，法國遲早會擊垮德國，莫斯科有很多騙子，從馬的外形無法判斷其優劣。醫生開始耳鳴、心跳加速，可是出於禮貌卻說不出請朋友離開或住口這樣的話。好在米哈伊爾・阿維里揚內奇在房間裡待得發悶，午飯後出去晃了。

現在只剩下安德烈・葉菲梅奇一個人了，他這才能好好休息。這樣一動不動地躺在沙發上，感受到房間裡只有他一個人，真是舒服！真正的幸福是離不開獨處的。墮落的天使之所以背叛上帝，可能就是因為他想要其他天使沒享受過的孤獨。安德烈・葉菲梅奇想回憶一下這幾天的所見所聞，可是米哈伊爾・阿維里揚內奇一直在他的腦子裡轉。

「但他是出於友情、出於好心請了假陪我出來的，」醫生氣惱地想，「沒有比友情的監護更糟糕的了。這人看起來又善良又義氣又快活，實際上卻很無聊，無聊得讓人無法忍受。有些人也是如此，他們永遠只說一些聰明的漂亮話，可是你卻覺得他們是些蠢人。」

在接下來的幾天，安德烈・葉菲梅奇都稱病沒有走出房間。他躺在長沙發上，面朝沙發背，在朋友跟他談天解悶時苦熬，在朋友離開時休息。他生自己的氣，後悔不該出來旅行；也生朋友的氣，因為他變得一天比一天更饒舌和放肆。他想讓自己的思想轉向嚴肅而高尚的題目，卻做不到。

「這就是伊凡・德米特里奇說的現實在教訓我啊，」他想，又生自己的氣，嫌自己氣量小，「不過，沒什麼大不了的……等我回了家，就一切照舊了……」

在彼得堡也同樣：他整天不出房間，而是躺在長沙發上，只有想喝啤酒時才起身。米哈伊爾・阿維里揚內奇一直迫不及待地想要去華沙。

「我親愛的，我為什麼要去那裡啊？」安德烈・葉菲梅奇用懇求的語氣說，「您自己去吧，讓我回家吧，求您了！」

「絕對不行！」米哈伊爾・阿維里揚內奇堅決反對，「那是一座奇妙的城市！我在那裡度過了我一輩子最幸福的五年！」

安德烈・葉菲梅奇沒有足夠的意志力堅持自己的意見，只好違心地去了華沙。在華沙他還是不出房間，躺在長沙發上生自己的氣、生朋友的氣、也生侍者的氣，因為他們固執地拒絕俄語，表示聽不懂。而米哈伊爾・阿維里揚內奇照例身體健康、精神煥發、興高采烈，從早到晚地滿城遊逛，找他的老朋友，有幾天沒回旅館過夜。有一天他不知在哪裡徹夜未歸，第二天很早回來，看起來很焦慮，他紅著臉，頭髮蓬亂。他從一個牆角走到另一個牆角，來來回回走了很久，自言自語地嘟囔著什麼，然後站住，說：

「名譽比什麼都重要！」

他又走了一會兒，然後抱住頭，用悲慘的語氣說：

「是啊，名譽是第一位的！見鬼！我竟想起去這個巴比倫[12]！我親愛的，」他轉向醫生說，「瞧不起我吧：我輸了！請給我五百盧布！」

安德烈·葉菲梅奇數了五百盧布，一言不發地交給了他的朋友。他的朋友仍然因為羞恥和氣憤紅著臉，沒頭沒腦地發了個沒必要的誓，戴上帽子出去了。兩個小時後他回來，癱坐在軟椅上，大聲歎著氣說：

「我的名譽得救了！我們走，我的朋友！我一分鐘也不想待在這個該死的城裡了！盡是騙子！奧地利間諜！」

兩個朋友回到自己的城市時已經是十一月，街上的積雪已經很厚了。霍波托夫已經接替了安德烈·葉菲梅奇的職位，他還住在原來的住處，只等著安德烈·葉菲梅奇回來從醫院的房子裡搬出去。他稱為廚娘的那個醜女人已經住進了醫院的一座小屋。

城裡出現了關於醫院的新流言，說醜女人和總務管理員吵架了，傳說這位管理員跪在她面前請求原諒。

安德烈·葉菲梅奇回來的第一天就得另找住處。

「我的朋友，」郵政局局長怯生生地說，「原諒我問一句不該問的：您有多少錢？」

安德烈·葉菲梅奇沉默地數了數自己的錢，說：

「八十六盧布。」

「我不是問這個，」米哈伊爾．阿維里揚內奇沒聽懂醫生的話，他不好意思地說，「我問的是，您總共有多少錢？」

「我跟您說的就是總數：八十六盧布……此外一點都沒有了。」

米哈伊爾．阿維里揚內奇認為醫生是誠實正直的人，但還是懷疑他有一筆錢，至少兩萬盧布。現在得知安德烈．葉菲梅奇是個窮光蛋，無以為生，他不知為何忽然哭了，擁抱了他的朋友。

十五

安德烈．葉菲梅奇住在小市民別洛瓦亞的只有三個窗戶的小房子裡。這個小房子除了廚房只有三個房間。醫生租了附有面街窗戶的兩個房間，達留什卡、女房東和三個孩子住在另一個房間和廚房裡。有時候女主人的情人會來過夜，他是個醉醺醺的漢子，他一來，夜裡就鬧得不亦樂乎，孩子和達留什卡都很害怕。他來了就往廚房一坐，要酒喝，搞得大家都不

12 比喻「亂糟糟的地方」，出自《舊約．創世記》。

得安寧。出於憐憫，醫生會把啼哭的孩子帶到自己房間，讓他們睡在地上，這讓他心裡很舒坦。

他像過去一樣八點起床，喝過茶之後坐下來讀他的舊書和舊雜誌。他沒錢買新的。也許因為都是舊書，或者因為環境變了，閱讀已經不能把他深深抓住，反而讓他疲倦。為了不荒廢時間，他就給自己的書做了詳細的書目，在書脊的底部貼上標籤，他覺得這個機械緩慢的工作比閱讀更有趣。不知怎麼，這單調細緻的工作好像在給他的思想催眠，他什麼都不想，時間很快就過去了。哪怕坐在廚房和達留什卡一起削馬鈴薯或是挑蕎麥米粒裡的沙粒，他也覺得很有意思。禮拜六和禮拜日他會去教堂，站在牆邊，瞇起眼聽著聖歌，他想起父親、母親、大學、宗教，心裡安靜又惆悵。然後，當他從教堂出來時，總惋惜儀式結束得太快。

他去過兩次醫院看望伊凡·德米特里奇，想跟他說說話。但伊凡·德米特里奇兩次都特別暴躁，請求他別來煩自己，因為他早就厭倦了空洞的誇誇其談。他說，為著他受過的所有痛苦，他只向那些卑鄙的人請求一個獎賞——單獨囚禁。難道連這都要被拒絕嗎？安德烈·葉菲梅奇兩次跟他告別、祝他晚安時，他都咬牙切齒地說：

「去死吧！」

現在安德烈·葉菲梅奇不知道要不要去第三次。他是想去的。

過去，吃過午飯，安德烈·葉菲梅奇會在各個房間走來走去，思考問題，現在他從吃完午飯就躺在長沙發上，面朝沙發背一直躺到晚上喝茶，想著一些怎麼也擺脫不了的瑣碎心思。他感到不平，他工作了二十多年，卻既沒有給他退休金，也沒有一次性的補助金。沒錯，他沒有好好工作，但是所有公職人員，不管好好做或不好好做，都能得到退休金。如今的公平正在於官職、勳章和退休金不是憑道德品質和能力賺來的，而是只要有職位，不管做得怎麼樣都能得到。為什麼只有他一個人例外？他一點錢也沒有。他走過小店，看見女主人都會覺得難為情。他已經欠了三十二盧布的啤酒錢了，他也欠小市民別洛瓦亞的錢。達留什卡在悄悄地賣些舊衣服和書，騙女房東說，醫生很快就會得到很多錢。

他生自己的氣，因為旅行花去了他存下的一千盧布。現在一千盧布多麼管用啊！讓他煩惱的還有人家不讓他安穩度日。霍波托夫認為他有責任偶爾探望這個有病的同事。安德烈·葉菲梅奇對他的一切都很討厭，他的肥頭大耳，他那惡劣的、居高臨下的語氣，他那「同事」的稱呼，他的高筒靴，最讓他反感的是他認為自己有責任替安德烈·葉菲梅奇治病，並自以為真的在治病。他每次來訪都會帶來一瓶溴化鉀和一些大黃丸。

米哈伊爾·阿維里揚內奇也認為自己有義務來看望朋友，替他解悶。每次走進安德烈·葉菲梅奇的房間，他總是故作輕鬆，不自然地哈哈大笑，向他保證說他今天的氣色很好，感謝上帝，他已經開始康復了。從米哈伊爾·阿維里揚內奇的這些表現可以得出結論，他認為他的朋友已經沒救了。他還沒歸還在華沙欠的債，所以有很重的心理負擔，又羞愧又緊張，因此要盡量笑得更大聲，盡量說搞笑的話。如今他的故事和笑話好像沒完沒了，無論對安德烈．葉菲梅奇還是對他自己都成了折磨。

他在的時候，安德烈．葉菲梅奇通常都面朝沙發背躺在長沙發上，咬牙聽著，他覺得心口堵著層層疊疊的髒東西。每次朋友的拜訪結束之後，他都覺得這些髒東西越積越高，好像快到喉頭了。

為了壓下那些俗氣的感覺，他趕快想，他自己、霍波托夫、米哈伊爾．阿維里揚內奇遲早都會死的，他們甚至不會在大自然中留下痕跡。想像一下，如果一百萬年後宇宙中有什麼靈魂會從地球旁邊飛過，它看到的將只是泥土和裸露的山岩。一切——文化也好，道德準則也好——都將毀滅，連牛蒡都長不出來。對雜貨店老闆的羞恥、卑微的霍波托夫，跟米哈伊爾．阿維里揚內奇的累人的友誼，這些都算得了什麼呢？這一切都無所謂，都很無聊，微不足道。

可是這樣的分析已經沒用了。他剛一想像百萬年後的地球，穿著高筒靴的霍波托夫或者緊張地哈哈笑著的米哈伊爾．阿維里揚內奇就會從裸露的山岩後冒出來，甚至能聽到一個聲音害羞地低聲說：「華沙的債，親愛的，我過兩天就還……一定。」

十六

有一次，安德烈．葉菲梅奇午飯後正躺在沙發上，米哈伊爾．阿維里揚內奇來了。恰巧這時候霍波托夫也帶著溴化鉀來了。安德烈．葉菲梅奇奮力爬起來，兩條手臂撐著在沙發上坐著。

「今天，我親愛的，」米哈伊爾．阿維里揚內奇開口說道，「我們的氣色比昨天強多了。您很有精神，真的，很有精神！」

「該好了，該好了，同事，」霍波托夫說，「您自己大概也給這囉嗦的事拖得煩了吧？」

「我們會好的！」米哈伊爾．阿維里揚內奇快活地說，「我們還能活一百年呢！沒錯！」

「不說一百年，二十年肯定沒問題，」霍波托夫安慰道，「沒關係，沒關係，同事，別灰心……別胡思亂想。」

「我們還要大幹一場呢，」米哈伊爾．阿維里揚內奇大笑起來，還用力拍了一下朋友的膝蓋，「我們還要大幹一場呢！明年夏天，上帝保佑，去高加索，騎馬走遍各處！——駕，駕，駕！等從高加索回來，看著吧，說不定我們會辦個婚禮，」米哈伊爾．阿維里揚內奇狡猾地眨眨眼，「我們要幫您娶老婆，親愛的朋友……幫您娶老婆……」

安德烈·葉菲梅奇忽然覺得那髒東西直往喉頭衝，他的心狂跳起來。

「太庸俗了！」他說著很快起身離開，走向窗口，「難道你們不知道你們講的話有多庸俗嗎！」

他想溫和禮貌地繼續說下去，可是忽然不由自主地握起兩個拳頭，舉過頭頂。

「走開！」他變了聲地喊道，臉色發紫，全身發抖，「出去！兩個都出去，你們兩個！」

米哈伊爾·阿維里揚內奇和霍波托夫站起來愣愣地看著他，先是不知怎麼回事，而後害怕起來。

「兩個都出去！」安德烈·葉菲梅奇繼續喊道，「愚人！蠢人！我不需要友誼，也不需要你的藥，愚人！惡俗！垃圾！」

霍波托夫和米哈伊爾·阿維里揚內奇不知所措地面面相覷，向門口退去，退到了前室。安德烈·葉菲梅奇抓起溴化鉀的瓶子，朝他們背後一擲，小瓶子「啪」的一聲在門口摔碎了。

「滾，去死！」他帶著哭腔喊著，跑出房間來到前室，「見鬼去吧！」

客人走了以後，安德烈·葉菲梅奇像得了寒熱病一樣全身發抖，躺到長沙發上，還在沒完沒了地重複：

「愚人！蠢人！」

平靜下來以後，他腦子裡想到的第一件事是可憐的米哈伊爾·阿維里揚內奇現在大概心裡覺得非常恥辱和難受，這一切都太可怕了。以前從來沒發生過這樣的事。智慧和分寸感在哪裡？對事物的深入理解和哲學家的冷靜在哪裡？

因為感到羞恥和悔恨，醫生一夜都沒睡著，早上十點，他去郵局向郵政局局長道歉。

「我們別再想過去的事了，」米哈伊爾·阿維里揚內奇歎了口氣，他很受感動，緊緊握了握他的手，「誰翻舊帳，就讓誰瞎眼。柳帕甫金！」他忽然大喊一聲，讓郵局的所有職員和顧客都嚇了一跳，「搬一把椅子來。你等一下！」他對一個隔著鐵柵欄遞給他一封掛號信的村婦說，「難道你沒看到我正在忙嗎？我們不計舊事，」他轉向安德烈·葉菲梅奇，溫柔地說，「請坐，十分歡迎，我親愛的。」

他默默地搓著自己的兩個膝蓋，過了一分鐘，說道：

「我連想都沒想過要生您的氣。有病可不得了，我明白。昨天您發作把我和醫生嚇壞了，後來我們談您的事談了很久。我親愛的，您為什麼不想好好治您的病呢？難道能這樣嗎？請原諒我作為朋友的開誠布公，」米哈伊爾·阿維里揚內奇小聲說，「您生活在最不好的環境中：又擠，又不乾淨，沒人照顧您，也沒錢看病……我親愛的朋友，我跟醫生衷心請求您，請聽我們的建議，住院吧！那裡又有健康的食物，又有護理，又有治療！葉甫蓋尼·費奧多雷奇雖然，我們私下說說，是個粗人，可是醫術好，可以完全信任他。他答應我會給您看病的。」

安德烈．葉菲梅奇被郵政局局長真心的同情和忽然滾到腮上的亮晶晶淚珠感動了。

「尊敬的朋友，別信！」他用手按著胸口，小聲說，「別信他們！這是欺騙！我所謂的病不過是二十年來只在城裡找到了一個聰明人，而這人恰好是個瘋子罷了。我什麼病都沒有，我只是陷入了魔圈，沒有出路。我無所謂，我做好了一切準備。」

「住院吧，我親愛的。」

「我無所謂，進墳墓也行。」

「您要答應，親愛的，一切服從葉甫蓋尼．費奧多雷奇。」

「您要我答應我就答應。但我再說一遍，我尊敬的朋友，我落入了魔圈。現在的一切，甚至朋友真誠的同情都會帶來同一個後果——我的毀滅。我正在毀滅，我有勇氣承認這一點。」

「親愛的，您會康復的。」

「何必說這些呢？」安德烈．葉菲梅奇激動地說，「很少有人臨終時不經歷和我現在同樣的遭遇。當別人告訴您，您的肝臟有問題或心臟肥大之類的，您開始看病時，或當人家說您是瘋子或罪犯時，就說明，一言以蔽之，當人家忽然開始注意您的時候，那麼您肯定是落入魔圈了，走不出來了。您竭力想走出來，但只會更加陷入混亂。您就投降吧，因為任何人為的努力都已經救不了您了。我是這麼覺得的。」

這時候窗口已經聚集了一群人。安德烈．葉菲梅奇為了不妨礙郵局的工作就站起來告別。米哈伊爾．阿維里揚內奇再次讓他做出保證，一直把他送到大門口。

當天傍晚霍波托夫意外地來到安德烈．葉菲梅奇的住處，他穿著半截的皮外衣和高筒靴，說話的語氣就像什麼都沒發生過一樣：

「我有事來找您，同事。我是來邀請您的，您想不想跟我去參加個會診，啊？」

安德烈．葉菲梅奇以為霍波托夫想讓他出去走走，散散心，或者真的想讓他賺點錢，就穿上衣服跟他出去了。他很高興有個機會可以彌補昨天的過錯，跟霍波托夫和解。他心裡很感激霍波托夫，因為他連提都沒提昨天的事，看來是原諒他了。想不到這個沒教養的竟這麼體諒人。

「您的病人在哪裡？」安德烈．葉菲梅奇問道。

「在我的醫院裡。我早就想給您看看了……很有意思的病例。」

他們走進醫院的院子，繞過主樓，朝關精神病人的小屋走去。不知為何整個過程中兩人都不說話。當他們走進小屋，尼基塔照老習慣跳起來挺直了身子。

「這裡有個病人的肺部出現了併發症，」霍波托夫跟安德烈．葉菲梅奇走進病房，低聲說，「您在這裡等等，我馬上來。我只是去拿個聽診器。」

說完就出去了。

十七

天已經黑下來了，伊凡·德米特里奇躺在床上，臉埋進枕頭裡；呆子一動不動地坐著，他在小聲哭，嘴唇微微顫動著；胖農民和過去的揀信員在睡覺。

安德烈·葉菲梅奇坐在伊凡·德米特里奇的床上等著。可是過了半個多小時，霍波托夫沒來，尼基塔卻走了進來，抱著袍子和不知給誰的病人服和便鞋。

「請您穿上，大人，」他小聲說，「這是您的床，請過來，」他又說，同時指著一張顯然剛搬進來的空床，「沒事，上帝保佑，您會好的。」

安德烈·葉菲梅奇全明白了。他一句話也沒說，走到尼基塔指的那張床邊，坐下了。看到尼基塔站在那裡等著，他便把衣服脫光了，他感到難為情。然後他穿上了病人服。褲子很短，上衣太長，袍子上散發著熏魚味。

「會好的，上帝保佑。」尼基塔重複道。

他把安德烈·葉菲梅奇的衣服抱起來出去了，隨手關上了門。

「都一樣……」安德烈·葉菲梅奇想道，他羞恥地掩一掩袍子，覺得穿著這身新衣服就像個囚犯，「都一樣……燕尾服也好，制服也好，這袍子也好，全都一樣……」

可是懷錶呢？還有側口袋裡的筆記本？還有菸捲？尼基塔把衣服拿到哪裡去了？現在，他大概打死也不會再穿外褲、背心和靴子了。起初這一切顯得有些古怪，甚至不可理解。就是現在，安德烈．葉菲梅奇也相信，小市民別洛瓦亞的房子與第六病房沒有任何區別，這個世界上的一切都是虛妄的，都是浮雲。與此同時他卻手發抖、腳發涼，他想到伊凡．德米特里奇很快就會起來並看見他穿上了病人袍，感到很可怕。他站起來，來回走了一會兒，又坐下了。

他就這樣坐了半個小時、一個小時，已經煩得要命了。難道可以在這裡住一天、一個星期，甚至像這些人一樣，一住多少年？於是他坐一陣，走一陣，又坐下，走到窗口去看看，再從一個牆角走到另一個牆角。然後呢？難道就這樣像個木頭人一樣坐著，東想西想？不，這哪受得了。

安德烈．葉菲梅奇躺下，但馬上又站了起來，用袖子擦掉額頭上的冷汗，感到整張臉都粘上了熏魚味。他又開始走來走去。

「這是個誤會，」他驚訝地攤開兩手說，「應該解釋一下，這是個誤會……」

這時候伊凡．德米特里奇醒了。他坐起來，用兩個拳頭撐住腮，啐了一口。然後他懶洋洋地看看醫生，一開始時根本不明白是怎麼回事，但很快他睡意矇矓的臉上露出了惡狠狠的嘲笑表情。

「啊哈，親愛的，您也給關進來了！」他瞇起一隻眼，用半睡半醒的嘶啞嗓音說，「很高興。過去您喝人血，現在別人要喝您的血了。很好！」

「這是個誤會，」安德烈．葉菲梅奇說，他被伊凡．德米特里奇的話嚇到了，動動肩膀，又說了一遍，「一個誤會……」

伊凡．德米特里奇又啐了一口，躺下了。

「該死的生活！」他說，「又痛苦又屈辱，因為這個生命的終結不是對苦難的獎賞，不是歌劇結尾的盛大場面，而是死亡。進來幾個漢子，拖著死人的手和腳往地下室一扔，呸！不過沒關係……反正我們會在另一個世界享福的……我會從那個世界回到這裡，變成黑影嚇唬這些壞蛋。我要讓他們嚇得白了頭髮。」

莫伊塞伊卡回來了，看到醫生，他伸出了手。

「給我一個戈比！」他說。

十八

安德烈．葉菲梅奇走到窗前，望了望曠野。天已經全黑了，地平線的右邊升起了一輪冷冷的發紅月亮。離醫院的圍牆不遠，大約一百丈，不會再遠了，有一座被石頭牆圍起來的高大的白房子，那是監獄。

「這就是現實啊！」安德烈．葉菲梅奇想，他感到害怕了。

月亮、監獄、圍牆上的釘子、遠處燒骨廠的火焰，這一切都很可怕。背後傳來一聲歎息。安德烈．葉菲梅奇回過頭，看到一個人胸前戴著一些閃閃發亮的星章和獎章，他微笑著，狡猾地瞇起一隻眼。這副樣子也很可怕。

安德烈．葉菲梅奇說服自己，月亮和監獄沒有什麼特別的，精神正常的人也戴獎章，一切都會隨著時間而變成泥土。可是絕望忽然攫住了他，他雙手抓住鐵窗，用盡全力地搖晃。結實的鐵窗紋絲不動。

然後，為了不要覺得那麼可怕，他走到伊凡．德米特里奇的床邊坐下。

「我垮了，我親愛的，」他顫抖著擦擦冷汗，喃喃地說，「我垮了。」

「您可以講講哲理。」伊凡．德米特里奇嘲笑地說。

「我的天，我的天……是，是……您說過，在俄國沒有哲學，可是人人講哲理，就連小人物也講。可是小人物講哲理對誰都沒有壞處，」安德烈．葉菲梅奇說，他的聲調好像想哭、想訴苦，「您為什麼，我的朋友，這麼幸災樂禍？這小人物如果不滿意，他怎麼能不講講哲理呢？聰明、有教養、驕傲、愛自由、像神一樣的人沒有別的出路，只能到一個骯髒愚蠢的小城當個醫生，一輩子跟吸血罐、水蛭、芥末膏藥打交道！周圍都是欺騙、狹隘、庸俗！哦，我的上帝！」

「您胡說，要是討厭當醫生，您可以當部長呀。」

「當不了，什麼都當不了。我們很弱，親愛的……我曾經很淡漠，分析問題頭頭是道，可是只要生活粗魯地碰一下我，我就垮了……意志消沉了……我們虛弱，沒用……您也一樣，我親愛的。您聰明、高尚，自幼養成了高貴的情操，可是一進入生活就疲憊不堪，得了病……我們很虛弱，虛弱！」

隨著夜晚降臨，除了恐懼和屈辱，還有一種什麼感覺纏著安德烈．葉菲梅奇不放，折磨著他。最後他明白了，他這是想喝啤酒和抽菸了。

「我要從這裡出去，我親愛的，」他說，「我要讓他們把燈送來……我不能這樣……我受不了……」

安德烈．葉菲梅奇走到門口，把門打開，可是尼基塔馬上就跳起來擋住了他的去路。

「您要去哪裡？不行，不行！」他說，「該睡覺了！」

「但我只出去一會兒，在院子裡走走！」安德烈．葉菲梅奇驚慌地說。

「不行，不行，這不允許。您知道的。」

尼基塔「砰」地關上門，用後背把門頂住。

「可是如果我從這裡出去，對誰有什麼害處呢？」安德烈．葉菲梅奇聳聳肩，問道，「我不明白！尼基塔，我得出去！」他聲音顫抖著說，「我需要出去！」

「不要破壞秩序，這可不好！」尼基塔訓斥道。

「鬼才知道這是怎麼回事！」伊凡．德米特里奇忽然喊了一聲，跳了起來，「他有什麼權力不放人出去？他們怎麼敢把我們關在這裡？法律好像明確規定，不經審判不能剝奪任何人的自由！這是強暴！！」

「當然，是強暴！」安德烈．葉菲梅奇被伊凡．德米特里奇的叫喊所鼓舞，說道，「我需要出去，我要出去！他沒有權力！放我出去，聽見沒有！」

「聽見沒有，蠢豬？」伊凡．德米特里奇喊道，同時用拳頭擂著門，「開門！要不我就把門打爛！屠夫！」

「開門！」安德烈．葉菲梅奇全身顫抖地喊，「我要求開門！」

「你隨便說！」尼基塔在門後回答，「沒用！」

「至少去把葉甫蓋尼．費奧多雷奇叫來！就說我請他……來一下！」

「明天他老人家自己會來的。」

「他們永遠不會放我們出去的，」這時候伊凡．德米特里奇繼續說，「他們會讓我們爛在這裡！哦，上帝啊，難道死後真的沒有地獄，這些壞蛋會被寬恕嗎？公平在哪裡？開門，壞蛋，我要憋死了！」他聲嘶力竭地喊著，向門撲去，「我要把頭撞碎，殺人犯！」

尼基塔迅速打開門，用兩手和一隻膝蓋把安德烈．葉菲梅奇狠狠一頂，然後揮起拳頭朝安德烈．葉菲梅奇臉上打了一拳。安德烈．葉菲梅奇覺得有一大股鹹味的潮水劈頭蓋臉地將他蓋住，把他拉向床邊，他的嘴裡真的有鹹味，大概是牙出血了。他好像在水裡掙扎一樣揮著兩隻手，抓住了一張床，這時候他感到尼基塔在他的背上打了兩下子。

伊凡．德米特里奇大叫一聲，大概也挨打了。

然後一切都安靜了。淡淡的月光透過鐵窗，在地上印下網狀的影子。太可怕了。安德烈．葉菲梅奇躺下，屏住呼吸，戰戰兢兢地等著再次挨打。他覺得好像有人拿起一把鐮刀捅進他的體內，在胸膛和腸子裡轉了幾下。他痛得咬住枕頭，咬緊牙關，忽然，他一片混沌的腦子裡閃過一個無法忍受的可怕念頭：多少年來這些人一定日復一日地忍受著這樣的痛苦。此時，在月光下，他們就像一條條的影子。

在二十多年裡他一直不知道這種情況，也不想知道，怎麼會這樣？他不知道痛苦的滋味，對痛苦沒有概念，所以這不能怪他；可是良心卻像尼基塔那樣毫不通融和粗暴，讓他從頭涼到腳。他跳起來，想用盡力氣喊叫，快點跑過去把尼基塔打死，然後殺死霍波托夫、總務管理員、醫士，再自我了斷，可是他的胸膛裡發不出一點聲音，他的腿動不了。他感到喘不過氣，抓住胸前的袍子和上衣，把衣服扯破了，然後倒在床上失去了知覺。

十九

第二天早上他頭痛、耳鳴，全身難受。回想起昨天的軟弱，他並不覺得難為情。昨天他很膽怯，甚至害怕月光，老實地說出了他從來想不到自己會有的這些感覺和想法，比如關於對愛講哲理的小人物的不滿。但他現在無所謂了。

他不吃不喝，躺著不動，一言不發。

「我無所謂，」別人問他問題的時候，他想，「我不會回答的……我無所謂了。」

午飯後米哈伊爾·阿維里揚內奇來了，帶來了四分之一磅的茶和一磅軟糖。達留什卡也來了，帶著遲鈍而悲傷的表情在床邊站了整整一個鐘頭。霍波托夫醫生也來看了他。他帶來了小瓶溴化鉀，吩咐尼基塔燒點什麼把病房熏一熏。

傍晚時安德烈·葉菲梅奇死於中風。他先是感到一陣發冷、噁心，好像有種令人厭惡的東西灌滿全身，直到手指，又從胃裡向頭上湧，蓋住了他的眼睛和耳朵。他眼前發綠。安德烈·葉菲梅奇知道自己就要死了。他想起伊凡·德米特里奇、米哈伊爾·阿維里揚內奇和千千萬萬的人都相信永生。萬一是真的呢？可是他不想永生，關於永生他只想了一瞬間。昨天他在書上讀到的一群非常美麗而優雅的鹿從他身邊跑過，然後一個村婦把手向他伸過來，手裡拿著一封掛號信……米哈伊爾·阿維里揚內奇說了句什麼。然後一切都消失了，安德烈烈．葉菲梅奇長眠不醒了。

來了幾個雜役，抓著他的手和腳把他抬到小教堂，他躺在小教堂的一張檯子上，眼睛睜著，夜裡月光照著他。早上謝爾蓋．謝爾蓋伊奇來了，他對著十字架上的基督受難像虔誠地祈禱後，為老上司合上了眼。

一天後，安德烈．葉菲梅奇下葬了，來送葬的只有米哈伊爾．阿維里揚內奇和達留什卡。

黑修士

一

碩士安德烈．瓦西里伊奇．果夫林感到心力交瘁，精神出了問題。他沒有去看病，但是在跟一個做醫生的朋友喝酒時，順便提起了這件事，那位朋友建議他去鄉下過春天和夏天。正巧丹妮婭．別索茨卡婭來了一封長信，邀請他去鮑里索夫卡做客。於是他覺得自己的確應該去一趟鄉下。

四月初他先去了老家果夫林卡，他在那裡幽居了三個星期，而後，等路好走了，就坐馬車去他過去的監護人和家長——俄羅斯著名的園藝家別索茨基家了。從果夫林卡到別索茨基家住的鮑里索夫卡不到七十里，坐著有彈簧的舒適馬車走在柔軟的路上，真是享受。

別索茨基家的房子很大，有立柱和彩繪剝落的獅子雕塑，門口站著穿燕尾服的僕人。花園已經頗有年代了，蓊鬱而嚴整。這是一處英式園林，從房子一直延伸到河岸，幾乎有一里遠；花園盡頭的河岸是斷崖式的陡坡，土坡上生長著一些松樹，樹根裸露著，像毛茸茸的爪子。河岸之下，河水冷冷地泛著光，鷸哀怨地叫著從河上掠過，這個地方總是給人一種可以坐下來譜寫長詩的感覺。

可是房子旁邊，在院子和果園裡（果園連同苗圃總共有三十畝），哪怕天氣不好時也有種歡快的生氣勃勃氣氛。那些漂亮的玫瑰、百合、茶花，從雪白到煙黑的五顏六色的鬱金香，果夫林從沒在別的地方見過品種如此豐富的花兒。春天才剛開始，最豔麗的花朵還藏在溫室中，可是那些開在林蔭道兩邊的花，開在東一處西一處的花壇裡的花，已經足以讓人在花園散步時覺得自己彷彿置身於柔美的色彩王國，特別是清早，當每一片花瓣上都掛著閃亮的露珠時。

別索茨基自己輕蔑地把園子裡的裝飾性元素叫做雕蟲小技，可是那些東西卻曾給童年的果夫林童話般的感覺。那麼多的奇思妙想，真是巧奪天工、人弄造化！由果樹組成的樹牆，像楊樹一樣呈金字塔形的梨樹，球形的橡樹和椴樹，傘形的蘋果樹，用李樹做成的拱門、花字[1]、枝形燈架，乃至一八六二（代表別索茨基開始做園藝師的年分）的造型。還有一些亭亭玉立的小樹，它們的樹幹像棕櫚一樣筆直結實，只有仔細看才能認出它們是醋栗和茶藨子。但是最讓這院子顯得欣欣向榮、興高采烈的是不停的活動。從大清早一直到晚上，都有推著獨輪車和拿著鋤頭和噴壺的人像螞蟻一樣在樹旁、灌木旁、林蔭道上、花壇上忙忙碌碌……

果夫林到達別索茨基家時是晚上九點多，這時候丹妮婭和她父親葉果爾．謝苗內奇正擔心得要命。滿天繁星的晴朗夜晚和溫度計都預示著明早的寒潮，可是園丁伊凡．卡爾雷奇進城去了，沒人管事。吃晚飯時他們一直在談晨霜的事，最後決定丹妮婭不睡覺，十二點多就去院子裡巡視，看是不是一切正常，而葉果爾．謝苗內奇則三點甚至更早起床。

果夫林整晚都和丹妮婭待在一起，午夜之後又和她一起去了園子。天很冷，院子裡已經散發出強烈的焦味了。大果園又叫商業園，每年給葉果爾．謝苗內奇帶來幾千盧布的淨利。此時這個園子的地上竄著又黑又濃的煙，氣味很刺鼻，煙在樹間繚繞，驅趕嚴寒，就是為了保住這幾千盧布。

這裡的果樹呈棋盤狀，橫平豎直，好像士兵的佇列。這種嚴整的刻板排列，再加上全都一樣高的樹，以及形態千篇一律的樹冠和樹枝，使得眼前這幅場景顯得單調甚至乏味。

果夫林和丹妮婭走在一排排樹之間，用畜糞、麥秸和各種垃圾燃起的火陰燒，有時他們遇到一些工人在煙霧中走動，好像一條條影子。只有櫻桃樹、李樹和幾個品種的蘋果樹在開花，可是整個園子都籠罩在煙霧中，只有在苗圃旁果夫林才能順暢地呼吸。

「我小時候就被這裡的煙嗆得打噴嚏，」他聳聳肩說道，「可是到現在也不明白，煙怎

1 指用姓名首字母組合而成的字，可用於園藝造型。

麼能抗霜凍呢。」

「沒有雲的時候，煙就發揮雲的作用。」丹妮婭回答。

「雲有什麼用？」

「陰天多雲的天氣裡不會有晨霜。」

「原來如此！」

他笑了，拉起了她的手。她那凍得紅紅的寬臉龐、認真的樣子、兩條細細的黑眉毛、妨礙她頭部活動的立起來的大衣領子、怕被露水沾溼而提起下襬的長裙，以及裙中那消瘦苗條的身形，都讓他動心。

「天啊，她已經是大人了！」他說，「五年前我最後一次離開這裡的時候您還完全是個孩子。那時候您那麼瘦，長著兩條長腿，不戴帽子，穿著短裙，我還笑您是隻鷺鳥……光陰似箭哪！」

「是啊，五年了！」丹妮婭歎了口氣，「時間如流水。安德留沙，請您說實話，」她看著他的臉，熱情地說，「您跟我們生疏了吧？不過，我何必問呢？您是男人，過著自己有趣的生活，您是大人物……生疏是很自然的！可是不管怎麼說，安德留沙，我希望您把我們當做自家人。我們有這個權利。」

「我是把你們當自家人的。」

「真的？」

「是，真的。」

「今天您驚訝我們有那麼多您的照片。不過您知道，我父親非常器重您。有時候我覺得他愛您超過了愛我。他為您感到自豪。您是學者，是不一般的人，您事業有成，他認為您能有這番作為，都是他教育得好。我也不和他爭，讓他這麼想好了。」

天已經開始放亮了，明顯的表現是空氣中那一縷縷煙和樹冠的輪廓都變得清晰了。夜鶯在歌唱，田野裡還傳來了鵪鶉的叫聲。

「可是該睡覺了。」丹妮婭說，「也冷得很。」她挽住他的手，「謝謝你來了，安德留沙。我們的朋友都很乏味，而且也很少。我們整天就是園子、園子、園子，再沒有別的事了。什麼主幹啦，枝幹啦……」她笑了起來，「什麼阿波爾特蘋果、皇后蘋果、博羅文卡蘋果，芽接、枝接……我們全部、全部的生活都耗在園子上了，我甚至，除了蘋果和梨，沒夢到過別的東西。當然，這也滿好的，滿有益處，可是有時候也希望再多點什麼，豐富一點。我記得您過去到我們家度假或者隨便來住時，家裡不知怎麼回事，就變得清新、明亮，好像把吊燈和家具上的套子摘掉了似的。那時我還是個小女孩，可是心裡很清楚。」

她說得很有感情。他不知為何忽然產生了一種想法，在這個夏天他會對這個纖弱多話的小人兒產生依戀，會被她迷住，會愛上她——以他們倆的情況這是很可能、很自然的！這個想法讓他覺得既感動又好笑，於是他低頭湊近那張心事重重的可愛臉龐，小聲唱道：

奧涅金，我不隱瞞，
我瘋狂地愛著達吉雅娜……[2]

他們回到家裡時，葉果爾．謝苗內奇已經起來了。果夫林不想睡覺，他和老人聊天，跟他一起回到院子裡。葉果爾．謝苗內奇是高個子，寬肩膀，大肚子，有氣喘，可是走路總是很快，很難追得上他。他總是滿腹心事的樣子，總是急著去什麼地方，看他的表情，好像遲到一分鐘就全完了！

「是這樣的，老弟，」他停下調整呼吸，開口說道，「你看，地面很冷，但我們把溫度計綁在木棍上，把它舉到兩丈高的地方，那裡是暖和的……這是為什麼？」

「真的，我不知道。」果夫林笑了，說道。

「嗯……不可能無所不知，當然了……不管腦子多聰明，也盛不下所有的東西。你主要是研究哲學吧？」

「是啊，我教心理學，總而言之是研究哲學的。」

「不枯燥嗎？」

「正相反，這是我全部熱情所在。」

「好，上帝保佑……」葉果爾．謝苗內奇沉思著摸摸他灰白的絡腮鬍，說道，「上帝保佑……我非常為你高興……高興，老弟……」

可是他忽然側耳諦聽起來，然後做出可怕的表情，朝一邊跑去，很快就消失在樹後的煙霧裡了。

「誰把馬拴在蘋果樹上了？」不遠處傳來了他撕心裂肺的絕望喊聲，「哪個混蛋無賴竟敢把馬拴在蘋果樹上？我的天！我的天！全毀了！一團糟！園子完蛋了！園子毀了！我的天！」

回到果夫林身邊時，他看起來很疲憊，好像受了欺負一樣。

「唉，拿這些該死的傢伙怎麼辦呢？」他攤開手，帶著哭腔說，「斯喬普卡夜裡運糞，把馬拴在蘋果樹上了！這混蛋把韁繩纏在樹上，纏得緊得很，把樹皮都磨破了三塊。怎麼能這樣呢！我說他，他呢，就那麼像根棍子似的杵在那裡，就知道眨眼！吊死他都不能消氣！」

平靜下來以後，他擁抱果夫林，吻了一下他的臉頰。

---

2 引自普希金的詩體小說《葉甫蓋尼．奧涅金》。

「好，上帝保佑……上帝保佑，」他嘟囔著，「我很高興你來了，說不出地高興。謝謝。」

然後他以同樣的步子，帶著心事重重的表情走遍整個園子，帶這個他昔日照顧過的人看所有的花房、溫室、暖窯和他的兩個養蜂場，他把這些地方稱為「本世紀的奇蹟」。

當他們在各處走的時候，太陽升起來了，把園子照得亮晃晃的。天氣暖和起來，看來將有一個明朗而歡快的漫長白天。果夫林想起，這還只是五月初，前面還有整整一個夏天，同樣明朗、歡快、漫長的夏天。忽然一種快樂而年輕的感覺在他胸中萌動起來，這是他小時候在這個園子裡跑來跑去時的感覺。於是他也擁抱了老人，溫柔地吻了他。兩個人都感動了，他們回到房子裡，用古舊的瓷杯喝茶，就著鮮奶油，吃著有營養的牛奶雞蛋麵包。這些細節再次讓果夫林想起了他的童年和少年時代。美好的現實和紛至遝來的關於過去的感覺交匯在一起，弄得他心裡滿滿的，但是很愉快。

他等丹妮婭醒了，和她喝了咖啡，散了散步，然後回到自己的房間，坐下開始工作。他認真地讀書，做標記，偶爾抬眼看看敞開的窗戶或是插在桌上花瓶裡那些還帶著露珠的溼洇洇的鮮花，然後又低下眼睛去看書，他覺得身上的每條筋脈都在因滿足而顫動和舒張著。

二

他在鄉下也過著和城裡一樣緊張的生活。他讀得很多，寫得很多，學義大利語，連散步時也會愉快地想著很快又能坐下工作了。他睡得非常少，以至於大家都感到吃驚，如果白天無意中睡了半個鐘頭，那隨後他就會整夜不睡，而在過了一個不眠之夜後，他能像沒事一樣，精神飽滿，心情快活。

他說個不停，喝葡萄酒，抽很貴的菸。鄰居家的小姐經常——差不多每天，都來別索茨基家，和丹妮婭一起彈鋼琴、唱歌；鄰居家的一個年輕人有時也來，他的小提琴拉得很好。果夫林如飢似渴地聽樂曲和歌曲，但這些曲子讓他感到疲憊，身體表現是眼皮發沉，頭歪向一邊。

有一次，喝了晚茶以後，他坐在露臺上看書。此時的客廳裡，丹妮婭唱女高音，另一位小姐唱女低音，年輕人拉小提琴，三個人在練習布拉加著名的小夜曲[3]。果夫林仔細地聽著歌詞——歌詞是俄語的，可是怎麼也聽不懂。最後他把書放下，仔細分辨，終於明白了：一位少女患有妄想症，夜間聽到花園裡的一些神祕聲音，那聲音十分美妙而奇怪，她覺得這

3 又名〈瓦拉幾亞傳說〉，為義大利作曲家布拉加（Gaetano Braga）所做。

是一種神聖的和聲，我們凡人聽不懂，所以它飛回天上去了。果夫林的眼皮開始發沉，他站起來，先是在客廳，而後在大廳疲倦地來回走。當歌聲停下來，他挽起丹妮婭的手，和她一起來到露臺上。

「今天我從一早就在想一個傳說，」他說，「我不知道是在哪裡讀到的還是聽到的，可是這個傳說很怪，很荒誕。首先，它有些含糊不清，大概是一千年前，有個黑衣修士走在敘利亞或阿拉伯的沙漠中……在離他幾英里的地方，漁夫看到了另一個黑修士在湖面上慢慢地移動。這第二個黑修士是幻影。現在請忘記所有光學定律，傳說是不承認那些的，接著聽下去。從幻影中又分出了第二個幻影，然後從第二個幻影中又分出了第三個，這樣，黑修士的形象就沒完沒了地從大氣的一層穿越到另一層。人家時而在非洲，時而在西班牙，時而在印度，時而在極北的地方看到他……最後他走出了地球的大氣層，如今正在整個宇宙遊蕩，一直沒遇到使他消失的條件。說不定現在可以在火星上或是在南十字星座的哪顆星星上看到他。可是，我親愛的，這個傳說最核心、最關鍵的一點是，在修士行走於沙漠裡整整一千年後，那幻影會再次降臨到地球的大氣層，在世人面前顯形。好像這一千年的期限已經快到了……按傳說的意思，我們這一兩天就會看到黑修士了。」

「奇怪的幻影。」丹妮婭說。她不喜歡這個傳說。

「但最奇怪的是，」果夫林笑起來，「我怎麼也想不起來這個傳說是怎麼進入到我腦子裡的。是我在哪裡讀到的，還是我聽到的？或者，也許是我夢見了這個黑修士？我向上帝發誓，我不記得。可是，我總想著這個傳說。今天一整天我都想著它。」

後來他跟丹妮婭分開，她去客人那裡，而他從房子裡出來，一邊在花壇邊徘徊一邊想心事。太陽已經西沉。花兒因為剛澆過水，散發出潮溼的濃郁香氣。房子裡的幾個人又唱了起來，遠處傳來的小提琴聲也好像是人的歌聲。果夫林絞盡腦汁地想回憶他是在哪裡聽到或讀到那個傳說的，同時不慌不忙地朝花園走，不知不覺就來到了河岸邊。

在陡岸上，曝露在外的樹根之間有一條向下延伸的小路，他順著這條小路下到水邊，驚動了水邊的鷸鳥，嚇飛了兩隻野鴨。昏暗的松林還有幾處反射著落日的餘暉，但河面上已經是真正的夜晚了。果夫林過了木橋，來到河對岸。現在他的面前是開闊的黑麥田，長著還沒有開花的新麥。遠處既沒有人煙，也沒有人跡，似乎如果沿著小路一直走下去，它就會把人帶到太陽剛剛落下、此時正鋪展著大片像火焰一樣壯麗晚霞的神祕所在。

「這裡是多麼開闊、自由、寧靜！」果夫林走在小路上，想道，「好像整個世界都在看著我，都凝然屏息，等著我去瞭解……」

可是這時黑麥田裡一陣麥浪起伏，一陣輕輕的晚風拂過他沒戴帽子的頭。一分鐘後又過來一陣風，但已經大了一些——麥田喧響，身後傳來低沉的松濤聲。果夫林吃驚地停下了腳步。在地平線那邊升起了一根頂天立地的黑柱，好像旋風或龍捲風一樣。它的輪廓不清晰，但立刻就能明白它不是靜止的，而是疾速地移動著，方向正直朝著果夫林這邊。它越近就變得越小，越清楚。果夫林趕緊往旁邊的黑麥田裡躲，給它讓路，差一點沒躲開。

一個花白頭髮、黑眉毛的黑衣修士雙臂交叉在胸前，從他面前掠過……他那一雙赤腳不曾沾地。他已經過去大約三丈了，回頭望著果夫林，點點頭，向他微笑，那微笑很親切，同時又有些詭異。可是他的一張瘦臉多麼蒼白，蒼白得可怕！他又長高了，然後飛過河去，無聲地撞上對岸的土坡和松林，鑽進去，像一陣煙一樣消失了。

「看看，」果夫林嘟囔道，「看來那傳說是真的。」

他並不勉強自己對奇怪的現象做出解釋，只滿足於他離那修士那麼近，看得那麼清楚，不僅看到了他的黑衣，還看見了他的眼睛。他懷著愉快而興奮的心情回到家裡。

在花園和果園裡，大家平靜地走來走去，屋裡的人在彈琴——這麼說來，只有他自己看到了修士。他很想跟丹妮婭和葉果爾．謝苗內奇說一下，但考慮到他們可能以為他在亂說，這個故事可能會嚇到他們，又覺得最好不要聲張。他大聲笑，唱歌，跳馬祖卡舞，他很開心。客人和丹妮婭都發現他今天不同尋常，發現他容光煥發、神采飛揚、活躍風趣。

三

晚飯後客人走了，他回到自己的房間，在長沙發上躺下，打算想想那個修士。可是過了一會兒丹妮婭進來了。

「喏，安德留沙，你讀讀我父親的文章，」她遞給他一包小冊子、校稿之類的東西，說道，「這些文章很出色，他寫得好極了。」

「嗐，好什麼啊！」跟隨她進來的葉果爾·謝苗內奇強笑著說——他很害羞，「別聽她的，不要讀！不過，要是你想睡覺就讀吧，是很好的催眠藥呢。」

「我覺得是很棒的文章，」丹妮婭很有把握地說，「您讀讀，安德留沙，勸爸爸常寫些東西。他可以寫出完整的園藝手冊。」

葉果爾·謝苗內奇不自然地大笑起來，紅了臉，開始說些受窘的作者常說的話。最後他投降了。

「那你先讀那篇果謝的文章和這些俄文的小文章吧，」他用發抖的手翻找著那些小冊子，嘟囔說，「要不你會看不懂的。在讀反駁之前應該知道我反駁的是什麼。不過，都是瞎扯……沒意思。再說，好像該睡覺了。」

丹妮婭出去了。葉果爾·謝苗內奇往長沙發走來，來到果夫林身旁，深深地歎了一口氣。

「是啊，我的老弟……」沉默片刻之後，他說道，「是這樣，我親愛的碩士。我又寫文章，又參加展覽，又得獎……人家說，別索茨基種的蘋果有頭那麼大，用園子掙了一份家業。總之，柯楚別依又有錢又有名[4]。可是請問，這一切是為了什麼呢？園子確實很好，堪稱模範……這不單是個園子，而完全是一家企業，一個有重要國家意義的機構，因為它是進入所謂俄國農業和俄國工業新時代的一個臺階。可是這是為什麼？有什麼目的？」

「事業本身會表現出其價值的。」

「我不是那個意思。我想問的是，等我死了，園子會怎麼樣？如果沒了我，那麼這園子連一個月也維持不了你現在看到的樣子。因為成功的祕密不在於園子大和工人多，而在於我愛這個事業，你明白嗎？——我愛這個事業，可能超過愛我自己。我從早到晚地工作，什麼都親自做，自己嫁接，自己剪枝，自己栽種，什麼都自己做。當別人來幫我的時候，我會嫉妒，生氣到粗魯的地步。一切的祕密在於愛，也就是在於主人敏銳的眼光，在於主人的雙手，在於那種感情：我出門做客，一下子就心不在焉、魂不守舍，怕園子裡出什麼事。等我死了，誰來看管？誰來做事？園丁嗎？還是工人？是不是？我跟你說，親愛的朋友，我們事業最大的敵人不是兔子，不是金龜子，也不是寒害，而是外人。」

「丹妮婭呢？」果夫林笑著問道，「她不可能比兔子更有害。她愛這個事業，也在行。」

「沒錯，她喜歡，也懂。如果我死後她能管這園子，成為主人，這當然再好不過了。可是要是，上帝保佑別這樣，她嫁人了呢？」葉果爾．謝苗內奇悄聲說道，害怕地看看果夫林，「問題就在這裡！她嫁了人，有了孩子，就沒時間想園子了。我最害怕的就是這個，要是她嫁了個年輕人，那傢伙貪心，把園子租給一個女商人，那樣一年之內就全完了！在我們的事業中，女人就是上帝之鞭！」

葉果爾．謝苗內奇歎了口氣，沉默了一會兒。

「也許這很自私，可是我公開說，我不希望丹妮婭嫁人。我害怕！現在有個拿提琴的帥哥總來吱吱呀呀地拉，我知道丹妮婭不會嫁給他，我很清楚，但我就是看不得他！總之，老兄，我是個大怪物，我承認。」

葉果爾．謝苗內奇激動地站起來，在房間裡走來走去，看樣子似乎想說什麼非常重要的話，但下不了決心。

「我非常愛你，我跟你說心裡話吧，」他終於下了決心，把兩手插進口袋，說，「我對一些敏感問題的態度很簡單，想什麼就會直接說出來，受不了所謂祕而不宣的想法。我就

4 普希金的《波爾阿瓦》中的詩句。

直說吧：只有把女兒嫁給你我才不會害怕。你是個聰明人，有良心，不會讓我心愛的事業毀掉。最主要的原因是，我愛你，就像親生兒子一樣……我為你驕傲。要是你跟丹妮婭相愛了，那麼，不用說，我會很高興，甚至幸福。我就直截了當地說了，我是實在人。」

果夫林笑了。葉果爾．謝苗內奇開了門準備出去，又在門口停下。

「要是你跟丹妮婭生個兒子，我會把他栽培成園藝家，」他想了一下，說道，「不過，這是空想……晚安！」

就剩下果夫林一個人了。他躺得舒服些，伸手拿過那些文章。一篇的題目是〈談間作〉，另一篇的題目是〈略談Z先生關於新果園翻土的意見〉，還有一篇是〈再論休眠幼芽之芽接〉——全都是這一類的文章。可是語氣卻是那麼不平靜、不平和，那麼激昂，幾乎是病態的衝動！這篇文章的題目似乎最不惹爭議，內容最平實：講的是俄國的安東諾夫卡蘋果。可是葉果爾．謝苗內奇的文章卻以「audiatur altera pars」[5]開始，以「sapienti sat」[6]結束，首尾之間全是怒氣沖天的激烈言辭，針對的是「我們貌似博學、實為無知的，從高高的講臺上觀察自然的所謂園藝專家諸公」，或「果謝的成名是由外行和一知半解之徒造成的」，隨即不合時宜地加上一句生硬造作的感慨，說可惜已經不能用樹條抽那些偷果子和毀壞樹枝的農民了。

「這本是一個美麗、可愛，而健康的事業，可是這個領域也那麼暴躁、好鬥。」果夫林想，「大概所有地方，各個領域的傑出人士都是神經質而高度敏感的吧。也許就應該如此。」

他想起丹妮婭那麼喜歡葉果爾·謝苗內奇的文章。他想著丹妮婭的樣子：個子不高，蒼白，纖弱，連鎖骨都看得到。一雙大而聰慧的黑眼睛總是往什麼地方張望，尋找著什麼，她走路邁著小碎步，急匆匆的，跟她父親一樣。她很喜歡說話，喜歡爭論，而且每說一句話，就算是一句無關緊要的話，都要伴隨生動的面部表情和肢體動作。大概她也是極為神經質的人。

果夫林繼續往下讀，可是什麼都看不懂，就扔下了。剛才他跳馬祖卡、聽音樂時的那種興奮，現在又讓他沉醉，讓他浮想聯翩。他站起身，開始在房間裡走來走去，想著黑修士。他想到，如果只有他一個人看到了這個超自然的奇怪修士，那麼這說明他病了，已經發展到產生幻覺的程度了。這個想法讓他害怕了，可是持續的時間不長。

「可是我很好啊，我不傷害任何人，這說明我的幻覺沒什麼不好。」他這樣想著，心情就又變好了。

5 拉丁語，請聽另一方的申訴。
6 拉丁語，此於智者何待多言。

他在長沙發上坐下，兩手抱住頭，控制著那傳遍全身的莫名快樂，然後又走了一陣，坐下工作。可是他在書中讀到的思想無法讓他感到滿足。他想要某種巨大、廣闊，而令人震驚的東西。黎明時分他脫了衣服，不情願地躺到了床上：該睡覺了！

後來果夫林聽到葉果爾．謝苗內奇的腳步聲往園子那邊去了。他搖鈴讓僕人送來葡萄酒，心滿意足地喝了幾杯拉斐特，然後把頭蓋起來。他的意識漸漸模糊，睡著了。

四

葉果爾．謝苗內奇和丹妮婭經常爭吵，互相說些重話。

某天早晨他們因為一件什麼事爭吵起來，丹妮婭哭了，回了自己的房間。吃午飯和喝茶時她都不肯出來。葉果爾．謝苗內奇剛開始很強硬，神氣十足地走來走去，好像要表明對他來說維護公正和秩序高於世上的一切，可是很快就撐不住，洩氣了。他傷心地在園子裡徘徊，不住地歎氣：「唉，我的上帝，我的上帝！」午飯他一口也沒吃。終於，他滿心愧疚地去敲鎖著的房門，怯怯地叫道：

「丹妮婭！丹妮婭？」

門後傳來哭累了的微弱回答，但聽來很堅決：

「請您離開我。」

兩位主人的痛苦影響了整個房子，甚至影響了在園子裡工作的工人。本來果夫林沉浸在他有趣的工作中，可是最後連他也覺得鬱悶和不自在了。為了設法緩解大家的惡劣心情，他決定介入。傍晚時他去敲丹妮婭的門，她讓他進去了。

「哎呀呀，多難為情啊！」他看著丹妮婭那帶著淚痕、布滿紅點的悲傷面孔，用玩笑的語氣說，「有那麼嚴重嗎？哎呀呀！」

「可是您不知道，他是怎麼折磨我的！」她說，從大眼睛裡嘩嘩地湧出滾燙的淚珠，「他把我折磨死了！」她絞著手，繼續說，「我什麼都沒說……沒說……我只不過說，不用接著雇……多餘的工人，既然……既然可以隨時雇臨時工。因為……因為工人已經整整一星期沒事做了……我……我就說了這個，他就嚷了起來，對我說了……好多難聽的話，非常傷人的話。憑什麼？」

「好了，好了，」果夫林為她順順頭髮，說道，「吵也吵了，哭也哭了，就算了吧。不能一直生悶氣，這不好……再說，他無比地愛您。」

「他毀了……毀了我一輩子，」丹妮婭抽抽搭搭地接著說，「我聽到的只有罵人的話……和……傷人的話。他認為我在這個家裡是多餘的人。那還用說，他是對的。明天我就離開這裡，進電報局工作……讓他……」

「好了，好了，好了……不要哭了，丹妮婭。別這樣，親愛的……你們倆都是火爆脾氣，都有錯。走吧，我來幫你們講和。」

果夫林說得又親切又堅決，但她還是哭，肩膀聳動，兩手緊握，好像真的遭遇了可怕的不幸。正因為她的痛苦不是什麼大事，而她卻傷心得不得了，他就更憐惜她了。只要那麼點雞毛蒜皮的事就會讓人一整天，甚至或許一輩子都覺得不幸！

果夫林一邊安慰丹妮婭一邊想，世界上除了這個女孩和她的父親，打著燈籠也找不到像親人一樣如此愛他的人了。他很小就失去了父母，要不是這兩個人，他到死也不會知道什麼是發自內心的疼愛，體會不到那種純樸而沒有計算的愛——世人只有對親骨肉才會抱有這樣的愛。

於是他覺得這個哭泣發抖的少女的神經正好適合他那有些病態、過分緊張的神經，就像磁石跟鐵的配合一樣。他可能永遠不會愛上一個健康強壯、臉紅撲撲的女人，卻喜歡柔弱不幸的丹妮婭。

他很樂意地撫摸她的頭髮和肩膀，握她的手，為她擦去眼淚……終於她不哭了。她又對父親和自己在這個家中難以忍受的壓抑生活抱怨了半天，求果夫林設身處地地想想她的處境，然後慢慢開始微笑，歎息上帝給了她一副這麼壞的脾氣，最後大笑起來，說自己是傻瓜，跑出了房間。

過了一會兒，果夫林到了園子裡。這時葉果爾・謝苗內奇和丹妮婭已經好像什麼都沒發生一樣，並肩在林蔭道上散步，兩個人都在吃蘸鹽的黑麵包，因為他倆都餓了。

五

果夫林很高興自己當了和事佬。他去到花園，坐在長椅上沉思，他聽到馬車的聲音和女人的笑聲——這是有客人來了。黃昏的陰影籠罩了園子，隱約傳來了小提琴聲和歌聲，這讓他想起了黑修士。此時這個光學無法解釋的東西在哪裡，正遊走在哪個國度或哪個星球呢？

他剛想起這個傳說，在腦子裡回憶那在黑麥田中看到的黑色幽靈，就有一個人從正對著他的幾棵松樹後面無聲無息地走了出來。這人中等身材，頭髮花白，沒戴帽子，全身黑衣，赤著腳，像個乞丐，他的臉白得像死人，兩道黑眉特別刺目。這個乞丐或朝聖者禮貌地點點頭，無聲地走到長椅旁，坐下。果夫林認出，這就是黑修士。他們互相看了片刻，果夫林大為吃驚。修士則像上次一樣，笑得親切，又有幾分詭異，表情很高深莫測。

「但你是個幻影，」果夫林說，「你為什麼在這裡，還待在一個地方不動？這跟傳說不符。」

「這無所謂，」修士把臉轉向他，不慌不忙地輕聲回答，「傳說、幻影和我，這都是你興奮的想像的產物。其實我是幽靈。」

「也就是說，你並不存在？」果夫林問。

「隨便你怎麼想，」修士虛弱地笑著，說，「我存在於你的想像中，而你的想像是大自然的一部分，也就是說，我存在於大自然中。」

「你的臉蒼老、聰明，極其生動，好像你真的活了一千多年似的，」果夫林說，「我不覺得我的想像力能造就這樣的面容。可是你為何那麼喜悅地看著我？你喜歡我？」

「是的。你是為數不多的堪稱天選之人其中一個。你為永恆的真理服務。你的思想、意圖、你非凡的學術和你的整個生命都有著神性的天命印記，因為它們是獻給理性的美好事物，也就是永恆的事物。」

「永恆的真理……可是難道世人理解和需要永恆的真理嗎，既然永生並不存在？」

「永生是存在的。」修士說。

「你相信人能永生嗎？」

「是的，當然。你們人類將有遠大光明的未來。世界上像你這樣的人越多，這個未來就會越快實現。沒有你們這些服務於最高原則、過著覺悟而自由的生活的人，人類就毫無價值，只是在自然法則支配下發展，還要很久才會在大地上消失。你們這些人提前幾千年把人類領進永恆真理的王國——這就是你們崇高的功績。你們體現了上帝賜給人的福祉。」

「永生的目的是什麼？」果夫林問道。

「就像所有的生命一樣，永生的目的是享受。真正的享受在於認知，永生就是認知那無窮且不竭的源泉。『在我父的家裡，有許多住處』[7]說的就是這個意思。」

「聽你的話真是痛快啊！」果夫林滿足地搓著手說。

「很高興。」

「可是我知道，等你走了，我就會不斷地思考你是否存在。你是幻影、幻覺。也就是說，我精神不健康，不正常？」

「那又怎麼樣呢？有什麼難堪的？你病了，那是因為你工作過於努力，累壞了，這說明你為思想而犧牲了健康，不久你就會為它獻出整個生命。這再好不過了。這正是所有被上帝賦予才華的高尚之人求之不得的。」

「如果我知道我的精神有問題，我還能相信自己嗎？」

「你又怎麼知道那些被全世界相信的天才人物不曾像你一樣見過幻影呢？現在專家都說，天才離瘋子不遠。我的朋友，只有隨波逐流的平庸之人才健康、正常。因為焦慮的時

7 見《新約·約翰福音》第十四章。

代、過勞、退化等諸如此類的東西而心神不寧的，是那些把生活的目的放在當下的人，也就是庸眾。」

「羅馬人說：mens sana in corpore sano。[8]」

「羅馬人或希臘人說的也不全對。高漲的情緒、激情、迷醉——所有讓先知、詩人、為思想而受苦的人有別於凡人的東西，都與人動物性的一面，也就是他的身體健康相對立。我再說一遍，如果你想健康而正常，你就走到庸眾中去好了。」

「奇怪，你複述的正是我經常想到的，」果夫林說，「你好像偷窺、竊聽了我隱祕的想法。不過不要說我了。你怎麼理解永恆的真理？」

修士沒有回答。果夫林看了他一眼，但是沒有看清楚。他的五官開始模糊、融化，然後修士的頭和手慢慢消失，他的身軀跟長椅和暮色混在一起，而後他完全消失了。

「幻覺結束了！」果夫林說，他笑了，「真可惜。」

他起身回房，感到快樂、幸福。黑修士跟他說的幾句話，不僅讓他的自尊心得到滿足，而且讓他的整個心靈、他的整個人感到舒暢。

作為天選之人，為永恆的真理服務，和讓人類提前幾千年進入上帝的王國的人在一起，也就是讓世人免去好幾千年的掙扎、罪惡和痛苦，把一切——青春、力量、健康獻給理想，準備為公共的福祉而死——這是多麼崇高、多麼幸福的命運！他的腦海中掠過他的過去，那麼純潔無瑕、發奮工作的過去，他想起他所學的和自己教給別人的東西，最後得出結論，修士的話並非誇大。

丹妮婭穿過花園迎面走來。她已經換了一條長裙。

「您在這裡呢！」她說，「我們找了您半天……可是您怎麼了？」她瞥見他興奮而容光煥發的面容和滿含淚水的眼睛，吃驚地說，「您真是怪人，安德留沙。」

「我很滿足，丹妮婭，」果夫林把手放在她的肩上，說道，「我不只滿足，我還很幸福！丹妮婭，親愛的丹妮婭，您可愛極了！親愛的丹妮婭，我多麼快樂，多麼快樂！」

他熱烈地吻她的雙手，繼續說：

「我剛過了一段光明而奇妙的超凡時光。可是我不能全告訴您，因為您會把我叫做瘋子，或是不相信我的話。來說說您吧。親愛的丹妮婭，好丹妮婭！我愛您，已經習慣了愛您。您在我身邊，我們每天見幾十次面，這成了我心靈的需要。我不知道等我走了，沒有您我該怎麼過。」

「算了吧！」丹妮婭笑了起來，「兩天以後您就把我們忘了。我們是小人物，您是大人物。」

8 拉丁語，健全的精神寓於健全的身體。

「不，我們說真的！」他說，「我帶您走，丹妮婭，怎麼樣？您會跟我走嗎？您想成為我的人嗎？」

「好了！」丹妮婭說，她又想笑，可是沒有笑出來，她的臉上出現了紅暈。

她開始呼吸急促，急急地走起來，但不是往房子走，而是往花園走。

「我沒想過這個……沒想過！」她說，絞著兩隻手，好像很絕望似的。

而果夫林跟在她的身後，依然那麼容光煥發，帶著興高采烈的表情，說道：

「我想要一種能夠占據我整個身心的愛，而這種愛，丹妮婭，只有您能給我。我很幸福！很幸福！」

她受驚不小，腰都彎了，整個人縮起來，好像一下子老了十歲，而他卻覺得她很美，大聲地表達他的傾慕：

「她多美啊！」

六

葉果爾．謝苗內奇從果夫林那裡得知，他們不僅真的戀愛了，而且就要舉行婚禮。聽到這個消息後，他極力掩飾激動的心情，在房間裡來來回回走了很久。他的手顫抖起來，脖子漲紅，他讓人套好那輛馬車，坐著不知去什麼地方了。丹妮婭看到他抽馬的動作，看到他把帽子壓得很低，幾乎蓋住了耳朵，知道他的心情複雜，於是把自己鎖在房間裡，哭了一天。

溫室裡的桃子和李子已經陸續成熟，把這種嬌氣的貨物包裝好發往莫斯科需要很小心，勞神費力。因為夏天天氣乾熱，得給每一棵樹澆水，這花去了很多的時間和人工。樹上還長了很多毛毛蟲，工人，甚至葉果爾．謝苗內奇和丹妮婭都直接用手指頭把蟲子碾死，果夫林看了噁心得要命。除了這些事，這時該接秋天的果子和樹苗的訂單了，要寫很多回信。在這最繁忙的季節，似乎誰都沒有片刻的空閒，田裡的工作又開始了，占去了一大半的工人。葉果爾．謝苗內奇曬得很黑，疲於奔命，怒氣沖沖的，他騎著馬一會兒衝到園子裡，一會兒衝到田裡，嚷著自己被扯成好幾片了，要往額頭上射一顆子彈。

與此同時，他們還在忙亂著置辦嫁妝，別索茨基家對嫁妝很看重。那些剪刀的「咔咔」聲，縫紉機的「噠噠」聲，熨斗的煤煙，脾氣急、愛生氣的女裁縫的任性，弄得全家上下都頭昏腦脹。與此同時，好像故意搗亂似的，每天都有客人到訪。得陪他們玩，招待他們吃喝，甚至留他們住下。

可是這一切的勞煩都像在一團霧中一樣不知不覺地過去了。丹妮婭覺得，愛情和幸福好像出其不意地抓住了她，儘管不知為何，她從十四歲就確信果夫林要娶的是她。她驚訝，疑惑，不相信自己……她時而忽然感到一陣狂喜，想要飛到雲端，在那裡向上帝祈禱；時而忽然想起，八月就要離開從小長大的家，留下父親一個人；時而天知道從哪裡冒出來一個想法，覺得自己很渺小，配不上果夫林這樣的大人物，於是她就回到自己房間，鎖起門來，痛哭好幾個小時。當有客人在時，她會忽然覺得果夫林英俊無比，所有女人都愛他並嫉妒她，於是她胸中便充滿了喜悅和驕傲，好像她戰勝了全世界；可是只要他對某位小姐殷勤地微笑，她就會嫉妒得發抖，回到自己房間——又得哭一場。

這些新的感覺完全控制了她，她無意識地幫忙父親，對桃子、毛毛蟲和工人都渾然不覺，也沒發現時間很快地過去了。

葉果爾．謝苗內奇也幾乎一樣。他從早到晚地工作，總是急著去什麼地方，情緒失控，發火，可是做這一切時他都迷迷糊糊的，好像被施了魔法一樣。他好像已經變成了兩個人：一個是真正的葉果爾．謝苗內奇，聽園丁伊凡．卡爾雷奇報告混亂的情況時會發火，會絕望地抱住腦袋；另一個則不是真正的他，好像帶著醉意，跟園丁談正事時會忽然停下來，碰碰園丁的肩膀，嘟囔道：

「不管怎麼說，血緣還是很重要的。他母親是個奇妙的女人，非常高尚、非常聰明。她的面容善良，她開朗、純潔，就像天使一樣，給人非常美好的感覺。她很會畫畫，也會寫詩，能說五種外語，會唱歌……這可憐的女人是得結核病去世的，願她上天堂。」

這個不真實的葉果爾．謝苗內奇歎了口氣，沉默片刻，繼續說：「他小時候是我帶的，那時候他的臉就像天使一樣，又明朗又善良。他的目光、動作、談話都像他母親一樣柔和優雅。腦子呢？他的聰慧總是讓我們驚訝極了。說起來，他成為碩士不是平白無故的！是理所當然的！十年後他會怎麼樣，等著瞧吧，伊凡．卡爾雷奇！前程無量！」

可是突然間，那個真正的葉果爾．謝苗內奇醒了，他做出一副可怕的表情，抱住頭，嚷道：

「胡鬧！全糟蹋了，全搞砸了，全都一團糟！這園子完了！這園子毀了！」

而果夫林還像以前一樣勤奮地工作，對身邊的紛亂渾然不覺。愛情只是讓他對工作更加狂熱了。每次和丹妮婭約會之後，他都會滿心幸福、興高采烈地回到自己的房間，然後迫不及待地撲向他的書和手稿，其熱烈的程度跟剛才親吻丹妮婭、和她談情說愛時完全一樣。黑修士說的那些話——天選之人、永恆的真理、人類的光明未來等等，賦予他的工作特別而非凡的意義，使他的心胸充滿了自豪感和崇高感。

他每週會遇到黑修士一兩次，有時在房子裡，有時在花園裡，他們會談很久，但這並不讓他害怕，相反，他感到歡喜，因為他已經堅信，只有被選中的、為真理而獻身的傑出之人才能看到這一類幻影。

有一次修士在午飯時出現，坐在餐廳的窗前。果夫林很高興，他巧妙地跟葉果爾．謝苗內奇和丹妮婭聊些修士可能感興趣的話。那黑衣客人聽著，親切地點頭。葉果爾·謝苗內奇和丹妮婭也邊聽邊開心地微笑著，全然不知果夫林不是在跟他們說話。

不知不覺已經到了聖母升天節[9]的齋期，齋期過後很快就是婚禮的日子。葉果爾·謝苗內奇執意要把婚禮辦得「像樣」，也就是說，毫無意義的婚宴持續了兩天兩夜。光吃喝就花去了三千盧布，可是因為訂的樂隊不好，因為祝酒的吵嚷和僕人的跑來跑去，因為喧鬧和擁擠，無論是昂貴的葡萄酒，還是從莫斯科訂的精美菜餚，賓客都沒品出味道來。

七

在一個漫長的冬夜，果夫林躺在床上讀一本法文小說。可憐的丹妮婭因為不習慣城裡的生活，一到晚上就頭痛，這時早就睡了，偶爾會說幾句不連貫的夢話。

時鐘敲過三點，果夫林熄掉蠟燭躺下了，他閉著眼躺了好久，就是睡不著，因為他覺得臥室裡很熱，丹妮婭又說夢話。到四點半他又點起蠟燭，就在此時，他看到了坐在床邊軟椅上的黑修士。

「你好，」修士說。沉默了片刻，他問道：「現在你是怎麼想的？」

「榮譽，」果夫林回答，「我現在讀的法國小說描寫的是一個年輕的學者，他做了蠢事，因渴望榮譽而憔悴。我不理解這種渴望。」

「因為你聰明。你對榮譽很淡漠，就像對不感興趣的玩具一樣。」

「是的，確實如此。」

「出名並沒有讓你快樂。你的名字鐫刻在大理石的紀念碑上，而後時間又把這名字連同上面的金粉一起抹去，這又談得上什麼榮譽、趣味或益處呢？再說，幸好這種人太多，人類記性太差，記不住你們的名字。」

「明白，」果夫林表示同意，「再說為何要記住他們呢？不過，讓我們來談點別的吧。比如，關於幸福。幸福是什麼？」

當鐘敲了五點，他坐在床上，雙腳垂到地毯上，對著修士說：

「很久以前，一個幸運的人被自己的幸福嚇到了，因為他太幸福了！於是他把心愛的戒指獻給神作為祭品，求神保佑。你知道嗎？我就像波利克拉特斯[10]一樣，開始有點為我的幸福感到不安了。我覺得奇怪，我一天到晚總是感到快樂，快樂充滿我的內心，掩蓋了所有其他的感覺。我不知道什麼是憂鬱、悲傷或煩悶。你看，我睡不著，失眠，但是我並不煩

---

9 基督教節日，在俄曆八月十五日，西曆八月二十七日。

10 西元前六世紀薩莫斯島上的僭主。

悶。說真的，我開始疑惑了。」

「但是何必呢？」修士很吃驚，「難道快樂是超自然的感覺？難道它不應該是人的常態？人的智力和道德水準越高、越自由，生活給他帶來的滿足就越多。蘇格拉底、第歐根尼、馬可．奧里略都感到快樂而不是悲傷。《使徒行傳》裡說，要常常快樂。你儘管快樂吧，願你幸福。」

「要是神忽然發怒了呢？」果夫林開玩笑說，他笑了起來，「如果他們剝奪了我的舒適，讓我挨餓受凍，這可未必合我的口味。」

這時候丹妮婭醒了，又驚又怕地看著丈夫。他正對著軟椅說話、打手勢、笑，他眼睛放光，笑得有些古怪。

「安德留沙，你在跟誰說話？」她抓住他伸向修士的手，問道，「安德留沙？跟誰？」

「啊？跟誰？」果夫林不好意思了，「跟他……他就坐在那裡。」他指著黑修士說道。

「這裡誰都沒有……沒有人！安德留沙，你病了！」

丹妮婭抱著丈夫，貼緊他，好像在保護他，不讓幻影傷害他。她用手蒙住他的眼。

「你病了！」她全身發抖，嚎啕大哭，「原諒我，親愛的、心愛的，可是我早就發覺你不對勁……你精神有毛病了，安德留沙……」

她的顫抖也傳染了他。他又看了一眼軟椅，已經空了。他忽然感到四肢發軟，他害怕了，開始穿衣服。

「這不要緊，丹妮婭，不要緊……」他發著抖嘟囔著，「我確實有點問題……該承認了。」

「我早就發現了……爸爸也發現了，」她竭力忍住嗚咽，說道，「你自言自語，古怪地笑……你也不睡覺。哦，我的上帝、我的上帝，救救我們吧！」她恐懼地說道，「可是你不要怕，安德留沙，不要怕，看在上帝的分上，不要怕……」

她也開始穿衣服。只有現在，看著她的樣子，果夫林才明白自己的狀態有多可怕，明白黑修士以及和他的談話是怎麼回事。現在他很清楚，他是發瘋了。

兩個人自己也不知為什麼，都穿好了衣服，走進客廳。她走在前面，他跟在她身後。葉果爾．謝苗內奇穿著睡袍，手拿蠟燭正站在客廳裡，他來做客，是被哭聲驚醒的。

「你別怕，安德留沙，」丹妮婭像發燒一樣發著抖，說道，「別怕……爸爸，這一切都會過去的……都會過去的……」

果夫林心慌意亂，說不出話。他想用玩笑的口吻對岳父說：「祝福我吧，我好像發瘋了。」但他只是歪了歪嘴，苦笑了一下。

早上九點，人家幫他穿上外衣和皮大衣，裹得緊緊的，用馬車送他去看醫生。他開始治療了。

八

夏天又到了，醫生讓他去鄉下。果夫林已經康復了，不再看到黑修士，只要增強體力就可以了。他住在鄉下的岳父家，喝很多牛奶，每天只工作兩個小時，不喝酒，不抽菸。

伊利亞節[11]前夜家裡舉行晚禱。教堂執事把手提香爐交給祭司，這所老房子寬敞的大廳裡彌漫起了一種好像墓地的氣味，果夫林覺得煩悶。於是他走了出去，來到園子裡。他對繁盛的花兒視而不見，在園子裡轉了一會兒，在長椅上坐了一會兒，然後再來到花園，信步而行。他走到河邊，下了坡，站在那裡望著河水沉思。那些長著毛茸茸樹根的陰鬱松樹去年見過他，當時他那麼年輕、快樂、精力充沛，現在，它們不再竊竊私語，而是一動不動地無聲無息站在那裡，好像認不出他了。的確，他剪了頭髮，已經沒有漂亮的長髮，走起路來無精打采，臉比去年胖，也比去年蒼白。

他過了小橋，來到對岸。去年種著黑麥的地裡，現在放著一排排割倒的燕麥。太陽已經落下去了，天邊燃燒著大片紅色的晚霞預示著明天會颳風。一片寂靜。果夫林望著去年黑修士第一次出現的方向，站了二十來分鐘，直到晚霞暗淡下去……

當他沒精打采、悶悶不樂地回到家時，晚禱已經結束了。葉果爾·謝苗內奇和丹妮婭坐在露臺的臺階上喝茶。他們說著什麼事，可是看到果夫林就忽然不說話了。看他們的臉色，他得出結論，他們談論的是他。

「你好像該喝牛奶了。」丹妮婭對丈夫說。

「不，時間還沒到……」他坐在最下面一級的臺階上，回答道，「你自己喝吧，我不想喝。」

丹妮婭不安地跟父親對望一下，用抱歉的口吻說：

「你自己也看到了，牛奶對你有好處。」

「是啊，很有好處！」果夫林嘲笑地說，「祝福你們，從星期五到今天我又重了一磅。」他雙手緊緊地抱住頭，傷心地說，「幹嘛，你們為什麼要給我治病？服溴化劑，洗熱水澡，無所事事，步步緊盯，每吃一口東西、每走一步路都戰戰兢兢——這一切最終會讓我變成一個白癡。當初我瘋了，得了自大狂，可是那時候我快樂，感到精力充沛，甚至幸福，那時候我有趣，也有創意。現在我倒是清醒些了、穩重些了，可是我變得和大家一樣了，我成了庸人，我活得沒意思……哦，你們對我多殘忍啊！我是看到了幻影，可是這妨礙誰了？請問，這礙到誰了？」

「天知道你說的是什麼話！」葉果爾．謝苗內奇歎了口氣，說，「聽了都煩。」

---

11 東正教節日，在俄曆七月二十日。

「那您就不要聽。」

現在，只要有人在旁邊果夫林就會生氣，特別是葉果爾．謝苗內奇。果夫林對他說話的態度生硬、冷淡，甚至粗魯，永遠用嘲笑和仇視的目光看他。葉果爾．謝苗內奇很難堪，抱歉地咳嗽了兩聲，雖然他不覺得自己有什麼錯。丹妮婭不明白，他們之間親密和睦的關係為何發生了這麼急劇的變化，她往父親身邊靠過去，不安地看看他的眼睛。

她想弄明白，卻無法明白。她只知道，他們的關係一天比一天糟，父親最近老了很多，丈夫變得暴躁、任性、挑剔、無趣。她已經不笑不唱了，什麼飯也吃不下，每天晚上都睡不著，覺得要發生什麼可怕的事。她痛苦極了，以至於有一次昏迷了好久，從午飯直到晚上。做晚禱時她發覺父親哭了，現在，當他們三個人坐在露臺上的時候，她極力控制自己不要想這些。

「佛陀、穆罕默德或莎士比亞太幸運了，因為沒有善良的親人和醫生治療他們的狂想和靈感！」果夫林說，「如果穆罕默德為了治療神經而服溴化劑，每天只工作兩小時，喝牛奶，那這個傑出的人就只能跟他的狗一樣，什麼也留不下。歸根到柢，醫生和好心的親人所做的就是使人類變傻，把天才當做庸人，毀滅文明。」他說，「但願你們知道我有多感激你們！」

他感到怒火中燒，趕快站起來回屋，免得說出不該說的話。他很快地站起來回屋裡去了。一片寂靜。院子裡菸草和球根牽牛的香氣從敞開的窗戶裡飄了進來。月光照進又大又黑的客廳，在地板上和鋼琴上投下藍幽幽的光點。果夫林想起去年夏天，在同樣牽牛花飄香的月夜，他是那麼興奮。為了找回去年的那種心情，他迅速回到自己的書房，抽了一支味道很重的雪茄，讓僕人拿葡萄酒來。可是雪茄讓他覺得嘴裡發苦，氣味也很難聞，葡萄酒也不是去年的味道了。這就是戒菸戒酒的結果！他只抽了一支雪茄、喝了兩口酒，就頭暈心跳起來，只好服溴化劑。

上床之前，丹妮婭對他說：

「父親非常愛你。不知你為什麼生他的氣，這對他傷害太重了。你瞧，他不是一天天變老，而是一時比一時老。求求你，安德留沙，看在上帝的分上，看在你已逝父親的分上，為了讓我安心，對他熱絡一點吧！」

「我做不到，也不想。」

「但是為什麼呢？」丹妮婭問，她全身發起抖來，「你跟我解釋一下，為什麼？」

「因為我不喜歡他，就是因為這個。」果夫林聳聳肩，滿不在乎地說，「但是我們不要說他了，畢竟他是你父親。」

「我不明白，就是不明白！」丹妮婭按著太陽穴，眼睛呆呆地盯著一個點，說道，「我們家發生了什麼不可思議的可怕事情。你變了，變得不像你了……你這個聰明又傑出的人卻因為一些小事發火，吵吵鬧鬧……那些雞毛蒜皮的小事也能讓你激動，有時簡直讓人吃驚，讓人不敢相信這是真正的你。好了，好了，別生氣，別生氣，」她被自己說的話嚇到了，趕忙吻他的手，繼續說，「你聰明、善良、高尚。你會公平地對父親的。他那麼善良！」

「他不是善良，而是老好人。你父親就像滑稽劇裡的大叔，有一張和善的胖臉，又熱心又怪脾氣，從前在小說裡、在輕喜劇裡、在生活裡都曾經讓我感動，讓我發笑，現在他們讓我討厭。他們是自私到骨子裡的自私鬼。我最討厭的是他們那副肥頭大耳的樣子，吃飽喝足以後的那種純粹公牛式或公豬式的樂觀主義。」

丹妮婭坐到床上，一頭倒在枕頭上。

「這是受刑，」她說，從她的語氣可以感覺到，她痛苦至極，說話都沒力氣了，「從冬天到現在，一分鐘都沒安靜過……這太可怕了，我的上帝！我太苦了……」

「是啊，當然，我是希律，你和你親愛的爸爸是埃及的嬰兒[12]。當然！」

丹妮婭覺得他的臉很難看，很討厭。仇恨和嘲笑的表情不適合他。此前她已經發現他的臉上少了些什麼，好像自從剪了頭髮，他的臉也變了。她想對他說幾句傷人的話，但隨即發現自己心存惡意，她害怕了，於是走出了臥室。

九

果夫林得到了一個教職，可以獨自開一門課。開課的時間定在十二月二號，大學的走廊裡已經貼出了通知。但是在計畫開課的那一天，他卻給教務主任發電報，說因病不能講課了。

他出現了吐血的現象。一般是痰中帶血，但一個月裡有一兩次會大量地吐血，那時候他就會極其虛弱，昏昏沉沉。這個病沒有讓他特別害怕，因為他知道他已故的母親就是帶著這樣的病活了十年，甚至十年以上。醫生也保證說，這個病不危險，只是建議他不要激動，要生活規律，少說話。

到了一月，因為同樣的原因，課還是沒有開成，而二月開課已經太晚了。只好等明年了。

這時候他已經不是和丹妮婭，而是和另一個女人生活在一起。這個女人比他大兩歲，像照顧孩子那樣照顧他。他情緒平穩，表現得很順從，樂於聽從安排。當瓦爾瓦拉·尼古拉耶夫娜——這是他女朋友的名字——準備帶他去克里米亞時，雖然他預感到此行凶多吉少，

12　希律意為暴君，埃及的嬰兒意為受迫害者。典出《新約·馬太福音》。

也還是同意了。

他們晚上到達塞瓦斯托波爾，在旅館住下休息，準備第二天前往雅爾達。他們倆都旅途勞頓。瓦爾瓦拉·尼古拉耶夫娜喝過茶就躺下，很快睡著了。可是果夫林沒有躺下。還在家時，在出發去車站之前一小時，他接到了一封丹妮婭的信，沒敢打開。現在這封信就在他的側口袋裡，他惦記著這封信，心裡很忐忑。

老實說，現在他從內心深處認為自己和丹妮婭的婚姻是個錯誤，對於跟她徹底分手感到滿意。這個女人最終化為了一具活屍，身上的一切好像都已經死去，除了那雙凝視的聰明大眼睛。對她的回憶只會引起他的憐憫和對自己行為的懊悔。信封上的字跡讓他想起兩年前的自己是多麼不講理、多麼殘忍，把自己心靈的空虛、鬱悶、孤獨和對生活的不滿遷怒於無辜的人。他還想起，有一次他把自己的學位論文和生病期間寫的所有文章都撕得粉碎，扔到窗外，那些紙屑在風中飛舞，粘在樹上和花上，他在每一行中都看到奇怪而沒有任何根據的自負、狂妄、放肆、自大，讀起來就像對他惡行惡習的描寫。

可是當最後一本筆記本被扯爛，飛出窗外之後，他突然不知為何覺得懊惱和傷心，於是他走到妻子面前對她說了很多難聽話。我的天，他把她折磨得好苦啊！有一次，為了刺傷她，他對她說，她父親在他們的戀愛中扮演了不光彩的角色，因為他求他娶她。葉果爾·謝苗內奇湊巧聽到了這番話，氣急敗壞地跑進屋裡，一句話也說不出，只是在原地打轉，發出古怪的「嗚嚕嗚嚕」聲，好像舌頭被割掉了似的，而丹妮婭看著父親，痛徹心肺地喊了一聲，昏了過去。這太不像話了。

看到熟悉的字體，果夫林回想起了這些事。他走到陽臺上，天氣溫暖無風，空氣中散發著海的氣味。曼妙的海灣倒映著月亮和燈光，形成一種難以言說的顏色。這是一種介於藍色和綠色之間的柔和顏色，水面有的地方顏色像藍礬，有的地方月光好像變得濃稠，代替海水充滿了海灣，不同的顏色互相調和，形成一種平和、安詳，而高貴的氣象。

陽臺下面那一樓的窗戶大概是敞開的，因為可以清楚地聽見女人的說話聲和笑聲。看來那裡正在開派對。

果夫林強迫自己打開信，走進房間，讀了起來：

我的父親剛死了。我把這歸罪於你，因為是你殺死了他。我們的園子正在被毀，現在外人在管它，也就是說，發生的恰恰是我可憐父親最擔心的事。這我也歸罪於你。我用我整個的靈魂恨你，希望你趕快死。哦，我多麼痛苦！我的心被無法忍受的痛苦緊緊抓住……願你遭到詛咒。我把你當做不平凡的人、當做天才，我愛上了你。但你原來是個瘋子……

果夫林讀不下去了，他把信撕了，扔了。一種類似恐懼的不安抓住了他。瓦爾瓦拉·尼古拉耶夫娜睡在屏風背後，可以聽到她的呼吸聲，樓下也傳來了女人的說話聲和嬉笑聲，可是他卻覺得整個旅館除了他一個人都沒有。他覺得可怕，因為不幸而傷心欲絕的丹妮婭在信中詛咒他，咒他死。他急忙瞥了一下門，好像唯恐那種兩年裡在他和他的親人生活中造成了巨大毀壞的不可知力量闖進房來，再次控制住他。

根據經驗，他知道，當精神不太對勁的時候，最好的治療方法是工作。應該坐在桌前，強迫自己無論如何也要集中精力想一個問題。他從紅色文件包中拿出筆記本，在本子裡寫了一個不大的編撰提綱，他本打算，萬一在克里米亞沒事做而無聊，就做這個工作。他在桌前坐下，開始研究那份提綱。他覺得自己恢復了那種平和、順服，而淡泊的情緒。寫著提綱的筆記本甚至引他思考起人間的勞碌是多麼無謂。

他想，生活能給人的好處是那麼微不足道、那麼平常，可是為此卻要人失去那麼多。比如，要在四十幾歲獲得一個教職，當一個普通的教授，無精打采、沉悶枯燥地講出一些平常的思想，而且還是別人的思想，總之，為了得到一個平庸學者的地位，他果夫林需要苦學十五年，夜以繼日地工作，忍受嚴重的精神病症狀，經歷失敗的婚姻，做很多不堪回首的事，那些事都十分愚蠢，且不公平。現在果夫林清楚地意識到自己很平庸，也甘心接受這個事實，因為他認為，每個人都該知足。

提綱讓他徹底平靜了，可是那封撕了的信扔在地上，白晃晃的，妨礙他集中精神。他從桌子前站了起來，把紙片撿起來往窗外扔，可是這時從海上吹來一陣輕風，紙片紛紛落在了窗臺上。那種像是恐懼的不安再次抓住了他，他再次感到，整個旅館除了他再沒有一個活人……他走到陽臺上。海灣好像活了，用無數淡藍色、深藍色、碧綠色、火紅色的眼睛看著他，引誘著他。他真的感到又熱又悶，很想去海裡泡一泡。

忽然，從陽臺下面傳來了小提琴聲和兩個柔和女聲的歌唱。這好像很熟悉。樓下的人演唱的〈羅曼斯〉講的是一個有幻想症的女孩夜裡聽到花園裡有神祕的聲音，她覺得這是我們凡人所聽不懂的神的和聲……果夫林喘不上氣了，他的心因憂鬱而縮成一團，早已忘記的溫柔甘甜的歡樂在他的胸中激蕩……

海灣的對岸出現了一根像旋風或龍捲風一樣的高高的黑柱。它以可怕的速度貼著水面越過海灣，向著旅館而來，同時變得越來越小，越來越黑，果夫林趕忙閃在一邊讓路，差一點被撞上……一個修士從身邊掠過，在房間當中站住了，他沒戴帽子，頭髮灰白，有兩道黑眉，赤腳，雙臂交叉在胸前。

「你為什麼不相信我？」他親切地看著果夫林，責備地問道，「如果當初你相信我說你是天才的話，這兩年你就不會過得這麼可悲、這麼乏味了。」

現在果夫林已經相信他是天選之人，是天才，他清清楚楚地想起過去和黑修士的所有談話。他想說話，可是血從他的喉嚨湧了出來，一直流到胸前，他不知所措，兩手在胸前亂劃，於是袖口也被血浸溼了。他想喊睡在屏風後的瓦爾瓦拉·尼古拉耶夫娜，掙扎著發出一聲：

「丹妮婭！」

他摔倒在地，然後用手撐著抬起身，又叫了一聲：

「丹妮婭！」

他呼喚著丹妮婭，呼喚著那個園子和院子裡粘著露水的鮮花，呼喚著花園和有毛茸茸樹根的松樹，呼喚著黑麥田，呼喚著他傑出的學業，他的青春、勇氣、歡樂，呼喚著曾經那麼美好的生命。他看到地板上，在自己的臉旁，有一大攤血，他已經虛弱得說不出一個字了，但一種無法言表的無邊幸福充斥著他的全身。樓下在演奏小夜曲，黑修士在對他耳語，說他是天才，他就要死去，只因為他孱弱的人的肉身已經失去了平衡，無法再充當一個天才的軀殼了。

當瓦爾瓦拉·尼古拉耶夫娜醒來，從屏風背後走出的時候，果夫林已經死了，臉上還帶著幸福的微笑。

羅斯柴爾德的小提琴

這座城很小，還不如個村子。城裡住的都是些老人，可是他們卻不怎麼死，這簡直令人洩氣。醫院和監獄需要的棺材很少。簡而言之，生意很糟。如果雅科夫．伊凡諾夫是在省城當棺材匠，說不定他會有自己的房子，人家會稱他雅科夫．馬特維伊奇，可是在這個小城裡，人家就直呼他雅科夫。不知怎的，他在市面上還得了個「青銅」的外號。他很窮，就像個普通農民，住在一所舊的小房子裡，只有一個房間。這房間裡住著他和瑪爾法，爐灶、雙人床、棺材、工作臺和所有的家當也都擠在這個房間裡。

雅科夫的棺材做得很好，很結實。給農民和小市民做棺材，他就照著自己的身材做，從來沒出過差錯，因為沒人比他更高、更壯，哪怕在監獄裡的人也一樣，儘管他已經七十歲了。給老爺和女人做棺材他要量尺寸，為此要用到一把鐵尺。他很不喜歡接兒童棺材的工作，做之前連尺寸都不量，帶著不屑，交貨收錢的時候總是說：

「老實說，我不喜歡接這種零工。」

除了做棺材，他拉小提琴也能賺一點錢。小城裡有人舉行婚禮時通常會請一支猶太樂隊來演奏，樂隊指揮是鍍錫匠莫伊塞·伊里奇·沙赫格斯，賺的錢他會拿走大半。因為雅科夫拉小提琴拉得很好，特別擅長演奏俄羅斯民歌，沙赫格斯有時會請他跟樂隊一起演出，每天五十戈比，此外還能從客戶那裡收到禮物。青銅坐在樂隊中總是覺得熱，他總是出汗，臉也漲紅了；周圍有很重的大蒜味，熏得人透不過氣；小提琴發出尖利的聲音，低音提琴在右耳邊發出黯啞的音，而左耳邊則傳來長笛的嗚咽。

吹長笛的是一個紅頭髮的瘦弱猶太人，臉上紅色、青色的血管歷歷可見，像罩著一張網。他跟那個有名的富翁羅斯柴爾德[1]同姓。這可惡的猶太人能把最歡樂的樂曲吹得哀哀怨怨的。雅科夫無緣無故地漸漸對猶太人產生了仇恨和蔑視，特別是對這個羅斯柴爾德。他開始向他挑釁，用難聽的話罵他，有一次甚至想揍他。受了氣的羅斯柴爾德很凶地瞪著他說：

「要不是尊重您的才能，我早就把您扔出窗外去了。」

然後他就哭了起來。所以「青銅」不常受到樂隊邀請，除非萬不得已，比如說，當樂隊裡有哪個猶太人不能參加的時候。

雅科夫的心情從沒好過，因為他總是不得不承受可怕的損失。比方說，在禮拜天和節日工作是有罪的，星期一是不吉利的日子，這些加起來一年有近兩百天不得不閒著。這個損失太大了！要是城裡有誰結婚時沒有請樂隊或沙赫格斯沒有請雅科夫，這也是一項損失。警察局的局長病了兩年，眼看快不行了，雅科夫等不及地盼著他死，可是局長去省城看病，忽然就死在那裡了。這一來至少損失了十個盧布，因為他的棺材肯定是有錦緞的上等材料。雅科夫總是想著那些損失，尤其是夜裡躺在床上的時候，於是他把小提琴放在身邊，當那些亂七八糟的事湧進他的腦子，他就撥動琴弦，小提琴在黑夜中發出聲響，他心裡就好受一點。

去年五月六號瑪爾法忽然病了。這老太婆喘著大氣，要喝很多水，搖搖晃晃的，但早晨還是自己生了爐子，甚至去打了水。傍晚她病倒了。雅科夫整天都在拉小提琴，等到天全黑了，他拿起一個小本子，他每天都在本子上記下自己的損失。因為沒事做，他就開始計算全年損失的總數。他算出來的損失有一千多盧布。這讓他大受刺激。他抓起算盤扔到地上，用腳去踩。然後他又把算盤撿起來，緊張地喘著大氣，劈劈啪啪地算了好久。他面紅耳赤，滿頭大汗。他想，如果把這虧掉的一千盧布存進銀行，一年的利息起碼也能累積到四十盧布。就是說，這四十盧布也是損失。簡而言之，四面八方到處只有損失，再沒有別的了。

「雅科夫！」瑪爾法突如其來地叫他，「我要死了！」

他回頭看看老婆。她的臉燒得紅撲撲的，格外地容光煥發。青銅看慣了她臉色蒼白、膽怯悽惶的樣子，這下反倒慌了——她好像真的快死了，並且為此感到高興，因為她終於要

1　應該指歐洲乃至世界久負盛名的金融家族羅斯柴爾德家族（Rothschild Family）的創始人梅耶·羅斯柴爾德（Mayer Rothschild）。俄文原文為 Ротшильд。

永遠離開這個小房子、這些棺材和雅科夫了……她望著天花板，嘴唇微微動著，臉上帶著幸福的表情，好像看見了死神——她的救星，正跟他說話呢。

已經是黎明時分了，早霞映紅了窗戶。雅科夫看著老太婆，不知怎的想起他一輩子好像一次也沒愛撫過她，沒心疼過她，一次也沒想起給她買塊頭巾，或是從婚禮上帶回點甜食，而總是對著她叫嚷，為了損失罵她，舉著拳頭朝她撲過去。沒錯，雅科夫從來沒打過她，但畢竟把她嚇得不輕，每次都嚇呆了。是啊，他不讓她喝茶，因為就算不買茶葉，家裡的開銷都夠大的，所以她只能喝熱水。於是他明白了，老太婆現在為何是這麼一副奇怪的快活神情，而他害怕起來。

等天大亮了，他向鄰居家借了一匹馬，送瑪爾法去醫院。醫院裡病人不多，所以等的時間不長，只有三個多小時。他很高興，這一次看診的不是醫生（醫生自己也病了），而是醫士馬克沁．尼古拉伊奇。城裡的人都說，這個老頭雖然喜歡喝酒、喜歡打架，但比醫生都懂得多。

「您好呀，」雅科夫扶著老太婆進了診間，「請原諒，我們老是為雞毛蒜皮的小事麻煩您，馬克沁．尼古拉伊奇。您瞧瞧，我的另一半病了，就像常言說的，人生的伴侶，請原諒我的用詞……」

醫士皺皺白眉毛，摸摸連鬢鬍子，打量起老太婆來。她佝僂著身子坐在凳子上，瘦瘦的，鼻子尖尖的，張著嘴，側影像一隻口渴的鳥。

「哦……這樣……」醫士緩緩地說，歎了口氣，「是流行性感冒，也可能是發燒了。現在城裡正在流行傷寒。好吧，感謝上帝，老太婆也活了……她多大年紀了？」

「差一歲七十，馬克沁．尼古拉伊奇。」

「好啊，老太婆年紀也不小了，該知足了。」

「那什麼，當然，您說得對，馬克沁．尼古拉伊奇，」雅科夫客氣地陪笑說道，「我們衷心感謝您的規勸，可是請允許我跟您說一句，每隻小蟲子都想活著。」

「那還用說！」醫士說話的語氣就好像老太婆的生死都取決於他，「既然這樣，親愛的，你就用冷水把布浸溼，放在她的額頭上，每天給她吃兩次藥粉。好，再見，半入耳[2]！」

雅科夫從他的臉色看出事情不妙，什麼藥粉也沒用；現在很清楚了，瑪爾法很快就要死了，不是今天就是明天。他輕輕碰碰醫士的手肘，眨眨眼，小聲說：

「馬克沁．尼古拉伊奇，您給她放個血吧。」

「沒時間，沒時間啊，朋友。帶著你的老太婆走吧，上帝保佑，再見。」

「您行行好，」雅科夫懇求道，「您知道，她要是，比方說，肚子痛，要嘛內臟有病，

2 法語 Bonjour（你好）的俄語發音。這位醫士是完全沒有素養的人，此處是作者故意讓他用錯了詞。

那得吃藥粉、藥水，但她是著涼了！著涼的話第一件事就是放血，馬克沁．尼古拉伊奇。」

可是醫士已經叫下一位病人了，一個女人帶著小男孩進了診間。

「走吧，走吧……」他皺著眉，對雅科夫說，「別死纏爛打。」

「那給她放兩條螞蟥也好！我們會一輩子為您祈禱的！」

醫士火了，叫道：

「你敢再囉嗦！笨蛋……」

雅科夫也火了，他漲紅了臉，可是再沒說話，攙起瑪爾法，扶她出了診間。等他們上了馬車，他才面帶嘲諷，狠狠地瞪了一眼醫院，說道：

「淨把些跑江湖的安插在醫院！對有錢人就給放血，對窮人連一隻螞蟥都捨不得。希律！」

回到家後，瑪爾法走進房子，扶著爐灶站了十幾分鐘。她覺得只要她一躺下，雅科夫就會說「損失」的事，罵她總是躺著，不想工作。而雅科夫悶悶不樂地看著她，想起明天是聖約翰節，後天是奇蹟創造者聖尼古拉節，接著是禮拜天，然後又是禮拜一——不吉利的日子。有四天不能工作，而在這四天裡瑪爾法肯定會死，那麼，今天就得做棺材。他拿起鐵尺，走到老太婆面前，幫她量了尺寸。然後，她躺下了，而他畫了個十字，開始做棺材。

等做完工作，青銅戴上眼鏡，在小本子上記道：

「瑪爾法．伊凡諾夫娜的棺材——兩盧布四十戈比」。

他歎了口氣。老太婆一直默不作聲，閉眼躺著。可是到傍晚，天黑下來的時候，她忽然叫了老頭子一聲。

「你記得嗎，雅科夫？」她高興地望著他，問道，「你記得嗎，五十年前上帝給了我們一個淺黃色頭髮的小娃娃？那時候我跟你常坐在河邊唱歌……在柳樹下。」她苦笑了一下，又說了一句：「那小女孩死了。」

雅科夫拚命回憶，可是怎麼也想不起來，小娃娃和柳樹，他都不記得。

「你是腦袋不清楚了。」他說。

神父來了，他領了聖餐，塗了聖油。然後瑪爾法開始念叨些聽不懂的話，在快到早上的時候，她去世了。

鄰居的老太婆幫她擦洗，穿衣，入殮。為了不另外花錢請誦經士，雅科夫自己唱讚美詩，墓地也沒跟他要錢，因為看墓地的是他的乾親家。四個男人把棺材抬到了墓地，但他們不是為了錢，而是出於尊敬。幾個老太婆和乞丐，還有兩個瘋修士跟在棺材後面，所有遇到送葬隊伍的人都虔誠地畫十字……雅科夫很滿意，一切都辦得合規矩，又體面，又省錢，又沒冒犯誰。跟瑪爾法永別的時候，他碰了碰棺材，心想：「做得滿好的！」

可是從墓地回來的路上，他忽然感覺非常難受。他好像病了：呼吸灼熱，喘著大氣，兩腿無力，總想喝水。此外，亂七八糟的想法直往腦子裡鑽。他又想起，他這輩子一次也沒疼過瑪爾法，沒對她溫柔過。他們在同一間小房子裡住了五十二年，這時間可是長得很，可是不知道怎麼回事，這麼長的時間裡他一次都沒想起過她、沒注意過她，好像她是一隻貓或一條狗一樣。可是其實她每天生爐子，做飯，烤麵包，打水，劈柴，和他睡在同一張床上。當他從婚禮上喝醉了回來，她總是恭敬地把他的小提琴掛起來，安頓他睡覺。她做這些時總是一聲不吭，帶著膽怯而心事重重的表情。

羅斯柴爾德迎著雅科夫走來，點頭哈腰，臉上陪著笑。

「我正在找您呢，大叔！」他說，「莫伊塞·伊里奇跟您問好，他要您趕快去他那裡一趟。」

雅科夫顧不上這事，他只想哭。

「走開！」他說著繼續往前走。

「那怎麼行呢？」羅斯柴爾德急了，他跟著雅科夫往前跑，說道，「莫伊塞·伊里奇會怪罪的！他老人家要您快去一趟。」

這猶太人氣喘吁吁，眨著眼睛，又有很多紅色的雀斑，讓雅科夫很討厭。他那補了黑補丁的綠色禮服，還有他那弱不禁風的身子都讓雅科夫厭煩。

「你這頭蒜，纏著我幹什麼？」雅科夫吼道，「別煩我！」

猶太人生氣了，也吼道：

「您小聲點，不然我把您扔到籬笆那邊去！」

「滾開！」雅科夫吼叫著，揮著拳頭朝他衝來，「癩皮狗，煩死人了！」

羅斯柴爾德嚇傻了，他蹲下，兩隻手在頭上揮動，好像要擋住拳頭，然後他爬起來，撒腿跑了。他邊跑邊蹦，拍打兩臂，可以看出他又長又瘦的後背在顫抖著。男孩看到這情形都高興起來，追著他喊：「猶太佬！猶太佬！」狗也大叫著追他。有人哈哈大笑，隨後又打呼哨，狗叫得更大聲、更高興了……然後，大概狗咬到了羅斯柴爾德，因為傳來了一聲絕望的慘叫。

雅科夫在牧場上轉了一陣，然後又沿著城邊信步而行，男孩看見他就喊：「青銅來了！青銅來了！」說話間他來到了河邊。鷸鳥邊叫邊飛來飛去，還有鴨子在嘎嘎叫。太陽很毒，河水的反光很亮、很刺眼。雅科夫順著河岸的小路走，看見一個胖太太從浴棚出來，臉色紅撲撲的，就想：「好個水獺！」離浴棚不遠，有幾個男孩正用肉當誘餌釣蝦，看到他，他們就起鬨地喊：「青銅！青銅！」現在他到了一棵很大的老柳樹前面，這樹有個巨大的樹洞，樹上有幾個烏鴉窩……忽然，雅科夫的腦子裡栩栩如生地浮現出了瑪爾法說的頭髮淡黃的小娃娃和柳樹。沒錯，就是這棵柳樹，翠綠、安靜、憂鬱……可憐的柳樹，它老多了！

他在柳樹下坐下，回憶起往事。對岸現在是一片被淹的草場，過去那裡有一大片白樺林；地平線的那座光禿禿的山上，當年是一片綠油油的很老很老的松林。那時候河上走著駁船，現在河面卻平平靜靜，對岸只有一棵年輕的白樺樹，苗苗條條的，像一位小姐。河上只有鴨子和鵝，根本看不出過去這裡走過船。好像鵝也比過去少了。雅科夫閉上眼睛，好像看見一些巨大的白色鵝群在游來游去。

他不明白，在生命的後四五十年裡，他為何一次也沒來過河邊，說不定也來過，可是為什麼從來都沒有留意過？其實這條河滿大的，不是什麼小河溝，可以在河上捕魚，把魚賣給商人、官吏和車站的小吃部老闆，然後把錢存到銀行；還可以坐船從一個莊園去另一個莊園，拉小提琴，各種身分的人都會付他錢；還可以試著重新開駁船——這比做棺材強；最後，還可以養鵝、宰鵝，冬天運到莫斯科去，光是鵝毛一年大概就能賺十盧布。可是他都沒在意，什麼都沒做。這是多大的損失！嘿，多大的損失！要是這些事全都做，又捕魚，又拉小提琴，又開駁船，又殺鵝，那就能發大財！

可是這些事他做夢也沒想到過，一輩子過去了，沒有好處，沒有快樂，白白過去了，一錢不值；往前一看，已經什麼都沒有了，回頭看看，卻只有損失，而且損失大得讓人驚訝。為什麼人活著就離不開這些各式各樣的損失？請問，為什麼要把樺樹林和松林砍了？為什麼要讓牧場荒廢？為什麼人只做不該做的事？為什麼雅科夫一輩子跟人吵罵，舉著拳頭打架，欺負自己的老婆，請問，剛才他為何要嚇唬那個猶太佬、欺負他？為什麼大家總是互相過不去，讓別人過不好日子？這得弄出多少損失啊！這是多可怕的損失啊！要是大家互相不那麼又恨又惱的，彼此就能得到大大的好處。

這天晚上和夜裡，他夢見小娃娃、柳樹、魚、宰好的鵝、側影像口渴的鳥兒的瑪爾法、羅斯柴爾德蒼白又可憐的臉。很多牛頭馬面從四面八方湊過來，都念叨著損失，他翻來覆去，起來了五、六次，拉他的小提琴。

早上他強撐著爬起來去了醫院。還是那個馬克沁．尼古拉伊奇，叫他在額頭上放一塊用冷水浸過的布，給他開了藥粉，雅科夫從他的表情和語調明白了，情況不妙，什麼藥粉也沒用。然後他在回家的路上盤算，死只有好處：不用吃，不用喝，不用交稅，不會得罪人，既然人躺在墓地不是一年，而是幾百年、幾千年，這麼算下來，好處就太大了。人因為活著受損失，反倒因為死了得好處。這種想法當然很有理，但終究讓人心酸又難受：這世上的規矩怎麼這麼奇怪，人的命只有一次，卻白白地過去，一點好處都沒有？

死倒沒什麼可惜的，可是回到家他一看見小提琴，心就揪起來了，覺得難割難捨。他不能把小提琴帶到墳墓裡去，它馬上就要變成孤兒了，它也會跟樺樹林和松樹林一樣遭殃。這世上的一切不是已經被糟蹋了，就是將要被糟蹋！雅科夫走出房門，抱著小提琴坐在門檻上。他想著被糟蹋了而充滿損失的一輩子，拉起小提琴來。他自己也不知道拉的是什麼，可是那曲子聽起來哀怨動人，淚水順著他的臉往下流，他想得越多，小提琴拉出的曲調就越悲傷。

院門響了兩聲，羅斯柴爾德出現在門口。他大膽地走過半個院子，可是看到雅科夫，他忽然停住，全身縮了起來。可能因為害怕，他兩手比劃著，好像想用手指表示現在幾點了。

「你過來，沒事，」雅科夫和氣地說，招呼他到面前來，「過來！」

羅斯柴爾德半信半疑地、害怕地看看，走近了些，在離他一丈遠的地方停下了。

「求求您，別打我！」他身子往下蹲，說道，「莫伊塞．伊里奇又要我來了。他說，別怕，你再到雅科夫那裡跟他說，沒有他老人家不成。星期三有個婚禮……嗯！沙巴羅夫老爺的女兒要嫁給一個好人……婚禮滿盛大的。嚯！」猶太佬加了個感歎詞，瞇起一隻眼。

「我去不了……」雅科夫喘著大氣，說，「我病了，朋友。」

他又拉起小提琴來，眼淚從眼裡迸到了琴上。羅斯柴爾德側對著他，兩手交叉在胸前，注意地聽著。漸漸地，他臉上那副害怕、疑惑的表情換成了悲傷痛苦的表情，他轉著眼睛，好像心中悲喜交加，發出「啊，呵，呵」的聲音，眼淚緩緩地順著面頰流下來，弄溼了綠色的禮服。

而後雅科夫躺倒了，受了一天的罪。傍晚神父來聽他懺悔，問他記不記得犯過什麼特別的罪過，他用微弱的記憶力竭力回想著，又想起了瑪爾法那不幸的面容和被狗咬的猶太佬的慘叫。他用很微弱的聲音說：

「小提琴給羅斯柴爾德。」

「好。」神父回答。

現在城裡人都在打聽：羅斯柴爾德從哪裡弄到了一把那麼好的小提琴？是買的還是偷的？再不，或許是誰抵押給他的？他早就不吹長笛了，現在只拉小提琴。他的琴弦上流出的還是跟從前長笛一樣哀怨的調子，可是當他盡力模仿雅科夫坐在門檻上拉的曲子時，他拉出的曲調尤其憂傷，催人淚下，拉到最後，他自己也轉動著眼珠，發出「啊，呵，呵」的聲音。城裡人非常喜歡這首新曲子，商人和文官爭著請羅斯柴爾德去自己家，一定要他把這曲子拉上十來遍。

大學生

起初天氣很好，風和日麗，鶇鳥歡叫，旁邊的沼澤中不知什麼動物發出悲傷的咕咕叫聲，那聲音好像在往一個空瓶子裡吹氣。一隻丘鷸一掠而過，隨之響起的槍聲在春天的空氣中發出隆隆的聲音，響亮而歡快。可是當林子裡暗下來，卻不合時宜地從東邊吹來了刺骨寒風，一切聲響都沒有了。水窪上結出一層冰針，林子裡變得不舒服，冷落、荒涼，感覺又像冬天一樣了。

獵丘鷸的人是教堂誦經士的兒子，宗教學院的大學生伊凡·韋里克波里斯基。現在他結束了打獵，一路沿水淹的草地上的小路往家裡走。他的手指凍得發僵，臉卻被風吹得發燙。他覺得這突如其來的寒冷破壞了一切秩序與和諧，連大自然自己都害怕了，所以暮色合攏的過程特別快。四周毫無生氣，而且好像特別陰鬱。只有河邊的寡婦菜園裡有光亮，再遠的地方以及四里地以外的村子則完全陷入了冷夜的黑暗中。

這個學生想起，他出門時，母親正赤腳坐在外間的地上擦洗茶炊，而父親正躺在灶臺上咳嗽。按照規矩，在受難節[1]時家裡不做飯，所以他餓得難受。現在這個學生冷得瑟縮著，他想，在留里克時代[2]、在伊凡雷帝時代[3]、在彼得時代[4]都曾刮著這樣的寒風，那時候的人也忍受著同樣的極度貧窮，挨餓，住茅草房，房頂破洞，同樣粗魯、沮喪，周遭同樣荒涼、黑暗，心頭感到壓抑——所有這些可怕的東西貫穿過去、現在和未來，因為這些，就算再過一千年，生活也不會變得更好。這樣想著，他不想回家去了。

菜園叫寡婦菜園，因為菜園歸母女兩個寡婦所有。火堆燃得很旺，發出劈啪的爆裂聲，照亮了周圍好大一片翻過的地。寡婦瓦希莉莎是個又高又胖的老太太，穿著男人那種短皮襖，站在火堆旁，望著火焰出神；她女兒盧凱麗雅是個小個子，臉上有麻子，面相有些蠢笨，她正坐在地上洗鍋和湯勺。顯然她們剛吃過晚飯。這時傳來了男人的聲音：這是當地的工人在河邊讓馬喝水。

「看哪，冬天又回來了。」學生走到火堆邊，說道，「你們好！」

瓦希莉莎嚇了一跳，但立刻認出了他，禮貌地笑了笑。

「剛才沒認出來，上帝保佑你，」她說，「你要發財了。」

1 基督教節日，復活節前的星期五。
2 九世紀中葉，由瓦里亞格人留里克建立了古羅斯國的第一個王朝（八六二－一五九八）。
3 沙皇伊凡四世時代（一五三〇－一五八四）。
4 沙皇彼得一世時代（一六七二－一七二五）。

他們攀談起來。瓦希莉莎是見過世面的女人，曾經在老爺家做過奶媽，而後又做保母，她言談文雅，總是帶著柔和而穩重的微笑；而她女兒盧凱麗雅是個村婦，丈夫活著時經常打她，此時她只是瞇眼看著大學生，一言不發。她的表情有些怪，就像是個聾啞人。

「當年使徒彼得就像這樣，在寒冷的夜晚靠著火堆取暖，」大學生把手伸近火堆，說道，「這說明那時候天氣也很冷。哎呀，那個夜晚多可怕呀，大娘！非常淒慘而漫長的一夜[5]！」

他朝周圍的暗處望望，猛地晃了一下腦袋，問道：

「你去聽過十二節福音吧？」

「聽過。」瓦希莉莎回答。

「你記得嗎？在最後的晚餐時，彼得對耶穌說：『主啊，我就是同你下監，同你受死，也是甘心！』而耶穌對他說：『彼得，我告訴你：今日雞還沒有叫，你要三次說不認得我。』晚餐之後，耶穌在院子裡痛苦不堪地祈禱，而可憐的彼得內心煎熬，身體虛弱，眼皮發沉，怎麼也忍不住瞌睡。他睡著了，然後，你聽到過的，猶大在那天夜裡吻了耶穌，把他交給了施虐者。耶穌被捆綁著帶到大祭司那裡，邊走邊挨打。而彼得非常疲倦，又受著痛苦和恐懼的折磨，你知道，他沒有睡飽，可是他預感到這個世界馬上就要發生一件可怕的事，於是他跟在後面……他熱烈而無限地愛著耶穌，這時候卻遠遠地看見他在挨打……」

盧凱麗雅放下湯勺，她凝滯的目光定定地望著大學生。

「他們到了大祭司那裡，」他接著說，「開始審問耶穌，同時眾人在院子裡生火，因為天氣冷。他們烤著火，彼得和他們一起站在火堆旁，也烤著火，就像我現在這樣。一個女人看到他以後說：『這個人跟耶穌在一起呢。』她的意思是也應該把他帶去審問。在火堆邊的眾人大概都懷疑地、冷冷地盯著他，因為他緊張起來，說：『我不認識他。』過了一會兒又有人認出他是耶穌的門徒之一，說：『你也是他們中的。』但他再次否認了。第三次又有一個人問他：『今天我在花園中看見一個人跟他在一起，那是不是你？』他第三次否認了。他否認後雞馬上叫了起來，彼得遠遠地看著耶穌，想起了晚餐時耶穌對他說的話……他想起來以後，恍然大悟，就離開院子，痛哭起來。《啟示錄》裡說：『他就出去痛哭。』我想像著那種情景：靜謐暗黑的花園，寂靜中隱約傳來低沉的哭聲……」

大學生歎了口氣，沉思起來。瓦希莉莎仍然微笑著，卻忽然發出一聲嗚咽，大顆大顆的淚珠順著面頰嘩嘩地流下來，她用袖子擋住面前的火光，好像為哭泣而難為情。而盧凱麗雅依然怔怔地看著大學生，她臉紅了，表情變得沉重、緊張，就像一個人正在忍受著劇烈的疼痛。

5 指《聖經》所載耶穌被捕的那一夜，大學生下面講到的就是那個夜晚的故事。見《路加福音》。

幫工從河邊回來了，其中一個騎著馬，已經很近了，火光顫巍巍地映在他的身上。大學生對兩位寡婦道了晚安，接著往前走。黑暗再次降臨，他的手凍僵了。寒風刺骨，冬天真的回來了，一點看不出後天就是復活節了。

這時候大學生在想著瓦希莉莎：她哭了，這說明在那個可怕的夜晚發生在彼得身上的一切跟她有某種關係……

他回頭望去，那孤獨的火光在黑暗中靜靜地搖曳，已經看不到火旁的人影。大學生再次思忖，既然瓦希莉莎哭了，而她女兒也顯得很痛苦，那麼他剛才講的發生在十九個世紀之前的事情，是跟現實有關係的，是跟這兩個女人有關係的，說不定跟這個荒涼的村莊，跟他自己，跟所有的人都有關係。既然那老太婆哭了，那麼這一定不是因為他講得動人，而是因為她理解彼得，是因為她對彼得心中經歷的一切感同身受。

他心中忽然湧起一陣快樂，心潮起伏，甚至停下片刻調整呼吸。「許多因果相連的事件組成了連續不斷的鏈條，」他想道，「正是它把過去和現在連在了一起。」他覺得剛剛看到了鏈條的兩端：他觸動了其中一端，另一端就動了起來。

他坐渡船過河，然後爬上山眺望自己出生的村子和燃著窄窄一條帶著寒意的紫色霞光的西天，一路思忖著，在那個花園和大祭司的院子裡，真與美是大家生活的準則，這兩條準則綿延不絕地傳到現在，看來一直是人的生活中和整個世界上最重要的東西。想到這裡，年輕、健康、力量的感覺（他只有二十二歲），對於幸福——對那奧妙、神祕的幸福無法言說的甜蜜期待漸漸充斥了他的心，於是他覺得生活如此美好、神奇，充滿高尚的意義。

文學老師

一

馬蹄踩在原木板上的聲音響了起來，先是牽出了黑馬努林伯爵，然後是白馬維利卡娜，隨後是牠的妹妹麥伊卡。牠們全都是很名貴的好馬。老謝列斯托夫給維利卡娜上好鞍子，對女兒瑪莎說：

「好了，瑪麗亞．格特弗盧阿，上馬！吁！」

瑪莎．謝列斯托娃是家裡最小的孩子，她已經十八歲了，但家裡人還是習慣把她當成小孩子，總是叫她瑪麗亞或瑪紐霞。後來馬戲團來到城裡，她看得很起勁，於是大家都開始叫她瑪麗亞．格特弗盧阿。

「吁！」她騎上維利卡娜，叫道。

她的姊姊騎著麥伊卡，尼基金騎著努林伯爵，軍官則都騎著自己的馬，於是這長長的一隊人馬，閃著軍官的白上裝和小姐的黑騎馬服，漂漂亮亮地緩步出了院子。

尼基金發現，在大家上馬和出街的過程中，瑪紐霞不知為何只注意他一個人。她擔心地望著他和努林伯爵，說道：

「謝爾蓋·瓦西里奇，您要一直勒住牠的嚼子，別讓牠畏縮。牠很會裝的。」

不知因為她騎的大馬跟努林伯爵很要好，還是純屬偶然，像昨天和前天一樣，她總是走在尼基金的旁邊。而他看著她騎在驕傲大白馬上的小巧身材、柔美側影，以及一點都不適合她，還讓她顯老的高禮帽，感到滿心歡喜，心醉神迷。他聽她講話，卻不大明白，暗想：

「我發誓，向上帝發誓，我一定不膽怯，今天就向她告白……」

此時是傍晚六點多，這時候白色的洋槐花和丁香花的香氣特別濃郁，似乎把空氣和樹木本身都變得沁涼了。城裡的公園裡已經演奏起了音樂。馬蹄清脆地踏著路面，四面八方傳來笑聲、說話聲、開門關門聲。迎面走來的士兵向軍官敬禮，學生對尼基金鞠躬，所有散步的人、往公園奏樂處趕的人，看見這一隊漂亮的人馬，都顯得很開心。而天氣那麼暖和，天上散漫的雲看起來那麼柔和，白楊和洋槐的樹陰是那麼舒服，這樹陰的一側完全覆蓋了寬闊的道路，另一側又遮住了房屋，直到二樓陽臺的旁邊！

他們出了城，沿著大路小跑起來。這裡已經沒有洋槐和丁香的香氣了，也聽不到音樂，但是散發著田野的氣息，剛出土的黑麥和小麥染綠了大地，金花鼠吱吱叫，白嘴鴨呱呱叫。舉目四望，到處都是綠色，只有幾處瓜田顏色發黑，再就是左邊遠處的墓地那裡，有一片開白花的蘋果樹，但那花已經半殘了。

他們過了屠宰場，然後走過啤酒廠，超過了一群趕著去郊外公園的軍隊樂手。

「我不否認，波梁斯基的馬很棒，」瑪紐霞指著跟瓦里雅並排而行的那個軍官，對尼基金說，「可是那馬有個缺點。牠左腿上的那個白斑特別不好看，而且您看，牠的頭總是往後仰。現在這個毛病怎麼也糾正不了了，到死都會這麼一直仰著。」

瑪紐霞跟她父親一樣，是個馬癡。她看見別人有匹好馬就難受，找到別人馬的毛病就高興。尼基金則一點也不懂馬，對他來說不管用轡繩還是用嚼子，小步快跑還是按轡徐行，完全沒有區別，他只是感到自己的姿勢不自然，很僵硬，所以那些騎馬姿勢很帥的軍官應該比他更討瑪紐霞的喜歡。因此他為了她而吃軍官的醋。

他們路過郊外公園時，有人提議進去喝點礦泉水，於是他們就進去了。公園裡的樹全是橡樹，不久前才長出新葉，所以現在透過新葉可以看到整個公園、舞臺、小桌子、鞦韆，能看見所有好像大帽子一樣的烏鴉巢。騎士和他們的女士在一張桌子旁下了馬，要來礦泉水。在公園裡散步的熟人向他們走來。其中有一個穿高筒靴的軍醫和一個在等自己樂隊的指揮。那醫生大概把尼基金當作大學生了，因為他問：

「您是放假回來了吧？」

「不，我是常住這裡的，」尼基金回答，「我是中學的老師。」

「真的？」醫生很驚訝，「您那麼年輕，已經當老師了？」

「哪裡年輕？我二十六了……感謝上帝。」

「您留了絡腮鬍和唇髭，但看起來不過二十二、三歲。您相貌真年輕！」

「混蛋！」尼基金想道，「他把我當成小毛頭了！」

別人說他年輕時，他總是很不高興，特別是當著女人和學生的面。自從他來到這座城教書，就開始恨自己長相年輕了。學生不怕他，老人稱他年輕人，女人更樂意跟他跳舞，而不是聽他長篇大論地發議論。要是能馬上老十歲，他願意付一大筆錢。

從公園出來，他們繼續往前走，要去謝列斯托夫家的牧場。他們在牧場門口停下，把管家的老婆普拉斯科維亞叫出來，要新鮮牛奶。可是牛奶拿來以後誰也沒喝，大家面面相覷，大笑一陣，然後就打馬返回了。往回走時，城郊公園裡已經奏起了音樂，太陽藏到了墓園的背後，晚霞染紅了半個天空。

瑪紐霞又走在尼基金身邊。他想告白自己是多麼熱烈地愛著她，可是害怕軍官和瓦里雅聽見，就默不作聲。瑪紐霞也不做聲。他能感覺到她為何不做聲，為何走在他的旁邊，他感到很幸福，以至於大地、天空、城裡的燈火、啤酒廠黑漆漆的輪廓——在他的眼裡這一切都融為一體，那麼美好溫柔，好像他騎的那匹努林伯爵騰空而起，要躍上那深紅色的天空似的。

他們回到家裡，花園的桌子上放著茶炊，水已經燒開，老謝列斯托夫跟自己的朋友——他們是地方法院的官員——一起坐在桌子的一角，照例批評著什麼。

「這是粗鄙！」他說，「不折不扣的粗鄙！沒錯！粗鄙！」

自從愛上瑪紐霞以後，尼基金喜歡謝列斯托夫家的一切：房子、房子旁邊的花園、晚茶、藤椅、老保母，甚至老人掛在嘴邊的「粗鄙」。他只是不喜歡有太多的狗和貓，還有關在陽臺一個大籠子裡的埃及鴿子，那些鴿子總是愁苦地咕咕叫著。看家狗和寵物狗太多了，他跟謝列斯托夫家結交以來，只認識了兩隻：穆什卡和索姆。穆什卡是隻小狗，身上脫毛，臉上卻多毛，這隻狗很厲害，被慣壞了。牠恨尼基金，一看到他就會把頭歪向一邊，齜牙咧嘴，「嗚嗚……汪汪」地亂叫。

然後牠就蹲在他的椅子下。當尼基金想把牠趕走時，牠就發出一串尖利的叫聲，主人就會說：

「別怕，牠不會咬人。牠是隻好狗。」

索姆是一條黑色的大公狗，腿很長，尾巴跟棍子一樣硬。吃飯或喝茶時，牠通常不聲不響地在桌子下面走來走去，用尾巴敲打人家的靴子和桌腳。這是一隻和善的笨狗，可是尼基金受不了牠，因為牠習慣把臉擱在用餐人的膝蓋上，會用唾沫把人家的褲子弄髒。尼基金不止一次用刀柄打牠的大臉，彈牠的鼻子，罵牠，抱怨，可是什麼都救不了他的褲子，總是給弄上些汙跡。

騎馬出遊之後，茶、果醬、麵包乾和奶油顯得很好吃。喝第一杯茶時，大家的胃口都很好，只顧吃喝，不說話。但喝第二杯茶之前就開始爭論了。喝茶和吃飯時的爭論總是由瓦里雅挑起。她已經二十三歲了，長得很好，比瑪紐霞漂亮，被認為是家裡最聰明、最有教養的人，舉止端莊穩重。在家中代替去世母親地位的大女兒總是這樣的。作為女主人，她有權在客人面前穿短上衣，以姓稱呼軍官，把瑪紐霞當做孩子，用女校長的語氣跟她講話。她稱自己為老小姐，那意味著她堅信自己一定能嫁得出去。

不管大家在談什麼，哪怕是談天氣，她也一定要引起爭論。她好像有種強烈的欲望——抓住別人說話的漏洞，揭發其中的矛盾，抓人的小辮子。您跟她說一件事，她就會死命地盯著您的臉，然後突然打斷您，說道：「對不起，對不起，彼得洛夫，前天您說的正好相反！」

或者她帶著嘲諷的笑容說：「但是我發現您開始鼓吹第三廳[1]的原則了。恭喜您！」

要是您說了俏皮話或雙關語，馬上會聽到她說「這太老套了！」或「沒意思！」。如果

1 指沙皇俄國的最高警察機關。

說俏皮話的是個軍官，她就會做個輕蔑的鬼臉，說道：「大兵的俏皮話！」

她說「兵」這個詞時夾著很大聲的「嘟嚕」音，穆什卡每次都會從椅子下回應她：「嗚嚕……汪汪汪……」

今天喝茶時的爭論起緣於尼基金講起了學校的考試。

「對不起，謝爾蓋．瓦西里奇，」瓦里雅打斷了他，「您說學生覺得難，那請問，是誰的錯？比如說，您給八年級的學生出的作文題目『作為心理學家的普希金』。首先，不該出這麼難的題目；其次，普希金算什麼心理學家？好吧，謝德林或者，我們就說，杜斯妥也夫斯基，那是另一回事，而普希金只是一位偉大的詩人，僅此而已。」

「謝德林是謝德林，普希金是普希金。」尼基金不高興地回答。

「我知道你們學校裡看不起謝德林，但問題不在這裡。您倒是跟我說說，普希金算什麼心理學家？」

「難道他不是心理學家嗎？好，我就給您舉幾個例子。」

於是尼基金朗誦了《奧涅金》的幾個片段，然後又朗誦了伯里斯．戈都諾夫的幾個片段。

「我看不出這裡有一點心理描寫，」瓦里雅歎了口氣，「描寫人心微妙曲折之處的才是心理學家，而這些只是很好的詩句而已。」

「我知道您要什麼樣的心理描寫！」尼基金生氣了，「您要的是有人用鈍鋸子鋸我的手指頭，我扯著嗓子嚎叫——照您的意思，這才是心理描寫。」

「沒意思！可是您還是沒有向我證明為什麼普希金是心理學家。」

當尼基金反駁他覺得陳腐、狹隘或諸如此類的東西時，他總要站起身，兩手抱住自己的頭，在房間裡來回疾走、呻吟。現在也是這樣：他跳起來，抓住自己的頭，呻吟著圍著桌子轉，然後在遠一點的地方坐下。

軍官站在他那一邊。波梁斯基上尉開始向瓦里雅證明，普希金確實是心理學家，卻引了兩首萊蒙托夫的詩當證明；格爾涅特中尉說，如果普希金不是心理學家，人家就不會在莫斯科為他立紀念像了。

「這是粗鄙！」從桌子的另一端傳來說話聲，「我就是這麼對省長說的：大人，這是粗鄙！」

「我再也不爭論了！」尼基金嚷道，「真是沒完沒了！夠了！咳！滾開，你這條討厭的狗！」他對把頭和爪子放在他膝蓋上的索姆嚷道。

「嗚嗚……汪汪……」椅子下面傳來狗叫聲。

「承認吧，您錯了！」瓦里雅喊道，「承認吧！」

但是做客的小姐來了，爭論就自然而然地停了。大家都去了大廳。瓦里雅在鋼琴前坐下，開始彈奏舞曲。大家先是跳了華爾滋，然後跳波爾卡，接下來是卡德里爾舞和 grand-rond[2]，由波梁斯基領著大家跳著舞穿過各個房間，然後又跳華爾滋。

跳舞時老人坐在大廳，抽著菸，看著那些年輕人。他們中有市信用社的經理謝巴爾金，他以喜好文學和舞臺藝術著稱。他創辦了當地的「音樂劇小組」，自己參加演出，不知為何總是只扮演可笑的僕人，或是用唱歌的聲調朗誦〈女罪人〉[3]。城裡人稱呼他為「木乃伊」，因為他又高又乾瘦，青筋暴露，總是一副莊重的表情，眼睛渾濁，眼神凝滯。他非常誠心地熱愛舞臺藝術，甚至剃掉了唇髭和絡腮鬍，這讓他看起來更像木乃伊了。

Grand-rond 之後，他猶猶豫豫地，稍微側著身子走到尼基金面前，咳嗽了兩聲，說道：

「我有幸聽到了喝茶時的爭論。我完全同意您的意見。我跟您意見一致，我很樂於跟您談談。您一定讀過萊辛的《漢堡劇評》[4]吧？」

「不，沒讀過。」

謝巴爾金大為吃驚，拚命揮著手，好像手指被燙到了似的，一句話也沒說，就後退著離開了尼基金。尼基金覺得謝巴爾金的身材、他的提問和吃驚的樣子很可笑，但還是想：

「確實難為情。我是個文學老師，可是到現在還沒讀過萊辛的書。應該讀讀。」

晚飯前所有的人，不論老少，都坐下玩「命運」。他們拿了兩副牌，一副分發給大家，另一副扣著放在桌子上。

「誰的手上有這張牌，」老謝列斯托夫舉起第二副牌最上面的一張，興高采烈地說，「命運讓他去育嬰室，去跟保母親嘴。」

跟保母親嘴的好事落到了謝巴爾金的頭上。大家吵吵鬧鬧地簇擁著他，哄笑著把他送到育嬰室，拍著巴掌，強迫他跟保母親嘴。大家又鬧又喊……

「不夠熱情！」謝列斯托夫笑出了眼淚，叫著，「不夠熱情！」

尼基金的命運是聽所有人的懺悔。他坐在大廳中央的椅子上。人家拿來了披巾，把他的頭蒙了起來。第一個來懺悔的人是瓦里雅。

「我知道您的罪，」尼基金在黑暗中看著她嚴厲的側影，說道，「請問，小姐，您每天跟波梁斯基散步是怎麼回事？嗯，她跟一個驃騎兵在一起必有緣故！」

「沒意思！」瓦里雅說了這麼一句，就走了。

然後隔著披巾他看到一雙閃亮的大眼睛在定定地望著他，他在黑暗中認出了這可愛的側影，聞到一種早已熟悉的親密氣息，這氣味讓尼基金想起瑪紐霞的房間。

---

2 法語，大環舞。

3 俄國作家阿·托爾斯泰的一首詩。

4 萊辛是德國著名的文藝批評家，《漢堡劇評》是他的代表作。

「瑪麗亞·格特弗盧阿，」他說，同時覺得自己的聲音非常溫柔，簡直不像自己的聲音了，「您有什麼罪？」

瑪紐霞瞇起眼，向他吐吐舌頭，笑了起來，然後走開了。一分鐘以後她已經站在大廳中間，拍著手喊道：

「開飯了，開飯了，開飯了！」

於是大家都湧向餐廳。

吃晚飯時瓦里雅又跟人爭論起來，這一次是跟她父親。波梁斯基穩重地吃著東西，喝著葡萄酒，跟尼基金講他冬天打仗的事：整夜站在齊膝的沼澤中，敵人近在咫尺，所以不許說話，也不許抽菸，夜間又黑又冷，刮著刺骨的風。尼基金邊聽邊偷眼看瑪紐霞，她眼睛一眨不眨地一直看著他，好像在沉思，或是出神了……這種情形讓他覺得又快活，又受罪。

「她為什麼那樣看我？」他苦惱地想，「這不合適，別人會看出來的。唉，她還多年輕，多天真啊！」

午夜時客人散了。當尼基金出了大門，房子二樓的一扇小窗戶「砰」地開了，瑪紐霞出現在窗口。

「謝爾蓋·瓦西里奇！」她喊道。

「什麼事？」

「那個……」看來瑪紐霞一邊說一邊在想說什麼，「那個……波梁斯基說過兩天帶照相機來，幫我們大家照相。要到齊才好。」

「好的。」

瑪紐霞不見了，窗戶「砰」地關上了，房子裡有人隨即彈起了鋼琴。

「嘿，這座房子真是個好地方！」尼基金一邊穿過街道，一邊想，「這座房子裡的一切都那麼開心，只除了那些埃及鴿子，牠們在呻吟，但這不過是因為牠們不會用別的方式表達快樂！」

但不止謝列斯托夫一家過著快活的日子。尼基金還沒走出兩百步，另一座房子裡又傳來了鋼琴聲。再走一小段路，他又看到一個農民在院門旁彈三弦琴，公園裡忽然樂聲大作，樂隊演奏起了俄羅斯民歌的集成曲……

尼基金住的地方離謝列斯托夫家半里路，他以三百盧布一年的價格，跟他的同事、史地老師伊波利特．伊波利特奇合租了一處有八個房間的房子。這位伊波利特．伊波利特奇還不算老，長著棕紅色的鬍子，翹鼻子，相貌有點粗笨，不像讀書人，更像一名工匠。但他是個好心腸的人。尼基金回來時，他正在自己的房間，坐在桌前修改學生畫的地圖。他認為，對地理來說，最重要的是畫地圖，對歷史來說最重要的是掌握年代表。他總是拿著一支藍筆，一坐幾個小時地修改男女學生畫的地圖，或是編寫年代表。

「今天的天氣太好了！」尼基金走進他的房間，對他說，「我真想不通，您怎麼能待在房間裡。」

伊波利特．伊波利特奇不善言談，他要嘛不說話，要嘛就說一些所有人早就知道的事。現在他這樣回答：

「是啊，天氣好極了。現在是五月，很快就是真正的夏天了。夏天跟冬天不一樣。冬天得生爐子，夏天不生爐子也很暖和。夏天的夜裡開著窗戶還是很暖和，而冬天就是裝上雙層窗也還是冷。」

尼基金在他的桌旁坐了還不到一分鐘就煩了。

「晚安！」他打著呵欠站起來，說道，「我想跟您說說我戀愛的事，可是您只知道地理！一跟您談愛情，您馬上就問：『卡爾卡戰役[5]是在哪一年？』讓您的卡爾卡戰役和楚科奇角[6]見鬼去吧！」

「您為什麼生氣？」

「掃興！」

他因為仍然沒有對瑪紐霞告白，現在也找不到人談自己的愛情而感到沮喪。他回到書房，躺在長沙發上。書房裡黑暗又安靜。尼基金躺著，朝黑暗中望著，不知為何開始想像：兩三年後他為了某件事情去彼得堡，而瑪紐霞哭著去車站送他；或者他在彼得堡接到她的長信，求他快點回家。他就給她寫信……他的信是這樣開頭的：我親愛的小老鼠……

「沒錯，我親愛的小老鼠。」他想著笑了。

他躺得不舒服。他把雙手放到腦袋下面，把左腿架到沙發背上，這樣就舒服了。同時窗戶明顯地變白了，院子裡傳來公雞睡意未消的啼叫聲。尼基金繼續想像著：他從彼得堡回來，瑪紐霞去車站接他，高興地叫起來，撲上來抱住他的脖子，或者，更妙的是，他耍個花招，夜裡悄悄地回來，廚娘給他開了門，然後他躡手躡腳地走進臥室，悄悄地脫了衣服，撲通！他跳上床，她醒來——那該多麼美！

天大亮了，書房和窗戶卻不見了。在今天走過的啤酒廠的臺階上坐著瑪紐霞，正在說著什麼。然後她挽起尼基金的手，和他一起去郊外的公園。這時他看見了橡樹和像帽子的烏鴉窩。一個烏鴉窩晃了起來，謝巴爾金從裡面探出頭，大聲嚷著：「您沒讀過萊辛！」

尼基金渾身一抖，睜開了眼睛。長沙發旁站著伊波利特・伊波利特奇，正把頭向後仰著打領帶。

「起來吧，該上班了，」他說，「不能穿著衣服睡覺。這樣衣服會弄壞的。睡覺應該在

5 一二二三年俄國與蒙古—韃靼軍隊的戰鬥。
6 在西伯利亞。

床上，脫了衣服……」

他照例長篇大套，抑揚頓挫地說起那些早就眾所周知的事。

尼基金的第一堂課是二年級的俄語課。他九點整走進教室，但是教室的黑板上寫著兩個大寫字母——M.III.，大概是指瑪莎．謝列斯托娃。

「這幫壞蛋，已經嗅出來了……」尼基金想，「他們是從哪裡知道的？」

第二節是五年級的文學課。那個教室的黑板上也寫著 M.III.，等他上完課離開教室時，身後傳來了一片叫喊，好像來自劇院樓座的喝彩聲：

「烏拉！謝列斯托娃！」

因為夜裡和衣而睡，他腦袋發昏，身體懶怠。快考試了，學生每天都盼著停課，什麼都不做，懶懶散散的，因為無聊而調皮搗蛋。尼基金也懶洋洋的，對他們的把戲視而不見，不時走到窗口。他能看見灑滿陽光的街道。屋頂之上是碧藍的天空，鳥兒飛來飛去，而在很遠的地方，在綠色的花園和房舍之外，是一望無際的遼闊大地，淡藍的樹林，奔馳的火車吐出煙霧……

兩個穿白上裝的軍官耍弄著馬鞭，走在洋槐的樹陰下；一群留著花白的大鬍子，還戴著便帽的猶太人坐著一輛敞篷馬車經過這裡；家庭女老師正帶著校長的孫女散步……索姆跟著兩條狗跑了過去，不知要去哪裡……現在瓦里雅走過去了，她穿著樸素的灰色連衣裙和紅襪子，手裡拿著《歐洲通訊》，她應該是剛從市立圖書館回來……

下課還早得很——三點才下課！下課以後不能回家，也不能去謝列斯托夫家，而要去沃爾夫家上課。這個沃爾夫是個有錢的猶太人，他信了路德派新教，不讓孩子上學，而是請學校的老師到家裡教課，每小時付五個盧布。

「真煩，真煩，真煩！」

三點他去沃爾夫家，他覺得好像已經在那裡待了一輩子。五點他從那裡離開，而六點多應該去學校參加教務會議——給四年級和六年級安排口試時間！

他很晚才從學校去謝列斯托夫家，一路上臉紅心跳的。一個星期乃至一個月之前，每次他準備告白時，都準備了一大套話，有前言有結語，但此刻他的腦子裡一個詞都沒有，一片混沌，只知道今天他一定要告白，再也不能等了。

「我就請她去花園，」他想，「稍微散一會兒步，我就告白……」

前廳一個人都沒有，於是他走進大廳，然後又走進客廳……那裡也沒人。能聽見樓上，在二樓，瓦里雅正跟什麼人爭論的聲音，請來的裁縫在育嬰室咔嚓咔嚓地裁剪衣服。

這所房子裡的一個房間有三個名稱：小房間、走道和暗房間。這個房間裡有個老舊的大立櫃，裡面放藥品、彈藥和打獵用的東西。一道窄窄的木樓梯從這裡通向二樓，總有貓在這個樓梯上睡覺。這個房間有兩扇門，一扇門通向育嬰室，另一扇通向客廳。尼基金走進這個房間，想要上樓，這時通往育嬰室的那扇門忽然開了，又「轟」的一聲關上，把樓梯和立櫃都震得一顫。穿著黑色連衣裙的瑪紐霞手裡拿著一塊藍色的料子跑了進來。她沒有看到尼基金，直奔樓梯。

「等一下……」尼基金叫住她，「您好，格特弗盧阿……請允許……」

他呼吸急促，不知道說什麼，一隻手拉住她的手，另一隻手抓住藍色的衣料。而她沒有害怕，也沒吃驚，一雙大眼睛望著他。

「請允許……」尼基金繼續說，唯恐她走掉，「我得跟您說句話……只是……這裡不方便。我不能，沒準備好……您明白嗎，格特弗盧阿，我不能……就這些……」

藍色的衣料掉到了地上，尼基金握住瑪紐霞的另一隻手。她的臉白了，嘴唇動了動，然後從尼基金面前向後退著，退到了牆和大立櫃之間的角落。

「我保證，請相信我……」尼基金小聲說，「瑪紐霞，真的……」

她的頭向後仰，於是他吻了她的嘴唇，為了讓這一吻持續的時間更長一些，他用手捧住了她的面頰。不知怎麼回事，他自己也進到了大立櫃和牆之間的那個角落，於是她用手臂環住他的脖子，頭貼著他的下巴。

然後兩人一起跑到了花園裡。

謝列斯托夫家的花園很大，占地四畝，有二十來棵老楓樹、老椴樹，一棵冷杉樹，其他的都是果樹——櫻桃樹、蘋果樹、梨樹，還有一棵野栗子樹，一棵銀油橄欖……花也開得很多。

尼基金和瑪紐霞不說話，只是沿著林蔭道跑著、笑著，偶爾互相問些沒頭沒腦的問題，可是並不回答，半個月亮明亮地掛在花園上空，黑漆漆的草地在月光下發出微弱的反光，草叢中半睡半醒的鬱金香和鳶尾花婀娜搖曳，好像也在期盼著談戀愛。

當尼基金和瑪紐霞回到屋子時，軍官和小姐已經聚在一起跳馬祖卡舞了。又是波梁斯基帶領大家跳著 **grand-rond** 穿過各個房間，又是跳舞過後玩「命運」遊戲。晚飯前，當客人從大廳去飯廳的時候，瑪紐霞一個人留下跟尼基金在一起，依偎著他，說道：

「你自己跟爸爸和瓦里雅說吧。我害羞……」

晚飯後他跟老人說了。聽了他的話，謝列斯托夫想了想，說：

「非常感謝您看得起我和我女兒，可是讓我像朋友一樣跟您談談。我不是以父親的身分，而是紳士對紳士地跟您談。請問，您為什麼想那麼早結婚呢？只有農民才早婚，當然，那是粗鄙。您又是為什麼呢？年紀輕輕就套上鐐銬，有什麼樂趣？」

「我一點都不年輕！」尼基金被刺痛了，「我快二十七歲了！」

「爸爸，獸醫來了！」瓦里雅在另一個房間裡喊道。

談話就這麼中斷了。尼基金回家時，瓦里雅、瑪紐霞和波梁斯基一起送他。快走到他住處時，瓦里雅說：

「您那位神祕的劈里啪啦．劈里啪啦奇為什麼從來不露面？請他來我們家吧。」

當尼基金去神祕的伊波利特．伊波利特奇房間的時候，他正坐在床上脫褲子。

「別躺下，親愛的！」尼基金氣喘吁吁地對他說，「等等，別躺下！」

伊波利特．伊波利特奇迅速穿上褲子，不安地問：

「怎麼了？」

「我要結婚了！」

尼基金坐在他的夥伴身邊，驚奇地望著他，就好像自己都感到吃驚一樣，說道：

「想想看，我要結婚了！跟瑪莎．謝列斯托娃結婚！今天我求婚了。」

「好啊，她可能是個好女孩。就是很年輕。」

「是的，很年輕！」尼基金歎了口氣，擔心地聳聳肩，「非常，非常年輕！」

「在學校我教過她。我認識她。地理學得不錯，但歷史不好。上課的時候也不專心。」

尼基金不知為何忽然憐憫起自己的這位同事來了，想對他說點動聽的寬心話。

「好人，您為什麼不結婚呢？」他問，「伊波利特．伊波利特奇，您為什麼不娶，比方說，瓦里雅？她是個很好的女孩！沒錯，她很喜歡爭論，可是心好……心好極了！她剛還問您呢。娶她吧，好人！怎麼樣？」

他清楚地知道瓦里雅不會嫁給這個翹鼻子的無趣之人，但還是勸他娶她。為什麼會這樣？

「結婚是很大的事，」伊波利特．伊波利特奇想了想，說道，「得考慮周到，權衡輕重，不能輕率行事。慎重絕對沒有害處，特別是婚姻大事，結了婚一個人就不再是單身了，就開始新生活了。」

於是他開始說一些眾所周知的事。尼基金不想聽他說話，就告辭回到自己的房間。他很快地脫了衣服，很快躺下，好趕快開始想自己的幸福，想瑪紐霞，想未來的生活。他微笑了，這時忽然想起他還沒讀過萊辛的書。

「得趕快讀讀……」他想，「不過，我幹嘛要讀他？見他的鬼去吧！」

他被自己的幸福搞得很疲倦，立刻就睡著了，直到早晨，臉上一直帶著微笑。

他夢見馬蹄踏在木板上的聲音，夢見把馬一匹一匹地從馬廄牽出來，先是努林伯爵，然後是大白馬，然後是牠的妹妹麥伊卡……

二

教堂裡擁擠喧鬧，甚至有個人喊了一聲，主持我跟瑪紐霞婚禮的大祭司透過眼鏡看了一眼人群，嚴厲地說：

「在教堂裡不要走來走去，不要喧嘩，要安安靜靜地站著、祈禱。要敬畏上帝。」

我的伴郎是我的兩個同事，瑪紐霞的伴郎是波梁斯基上尉和格爾涅特中尉。主教的唱詩班唱得好極了。燭花的爆響，華麗的服飾，軍官，這麼多快樂而滿足的面孔，瑪紐霞那特別的輕盈樣貌，整個的氛圍，還有婚禮的祈禱詞，這一切把我感動得掉了眼淚，讓我心裡充滿歡樂。

我想：最近我的生活多麼順利，變得多麼美好而詩意啊。兩年前我還是個大學生，住在涅格林路[7]的便宜出租房裡，沒有錢，沒有親人，那時候我覺得自己也沒有未來。現在我住在全省最好的城市之一，當中學老師，收入有保障，被愛著，生活稱心如意。我想，這些人是為了我而聚在一起的，三個枝形大燭臺是為我而點亮的，大祭司為了我而喊叫，唱詩班為了我努力歌唱，這個我等一下就要把她稱作妻子的年輕女人也是為了我才如此嬌媚和快樂。我想起了我們最初幾次的見面、郊遊，想起表白心跡的過程，想起整個夏天的天氣都很美好，好像是特意安排的。這樣的幸福是我住在涅格林路時想也不敢想的，以為只有在長篇小說和中篇小說中才有，而現在好像已經盡在掌中了。

婚禮之後大家都亂哄哄地聚在我和瑪紐霞身邊，表達真心的歡喜，向我們表示祝賀，祝我們幸福。一個年近七十的老准將只向瑪紐霞一個人表示祝賀，老人用沙啞的聲音對她講話，聲音很大，整個教堂都能聽見：

「我希望，親愛的，結婚之後您仍舊是這樣一朵鮮花。」

軍官、校長和所有老師都禮貌地微笑著。我覺得我的臉上也掛著愉快的假笑。最親愛的伊波利特·伊波利特奇，這位史地老師，總是說些眾所周知事情的人，緊緊地握著我的手，深情地說：

「在此之前您沒有結婚、單身，現在您結婚了，將要兩個人一起生活。」

離開教堂後，我們乘車到了一座沒抹灰泥的兩層樓房，它是瑪紐霞的嫁妝，現在歸我了。除了這幢房子，瑪紐霞還有兩萬盧布的陪嫁和一塊叫做梅里多諾夫斯卡婭的荒地，那裡有一所看守人住的小房子，聽說還有很多雞鴨，因為沒人看管，都變野了。從教堂回來後，我走進我的新書房，伸了個懶腰，攤在土耳其長沙發上抽菸，我感到從未有過的軟和、舒服、愜意。這時候客人正在喊「烏拉」，前廳有個不怎麼樣的樂隊在奏歡慶的樂曲和各種亂七八糟的曲子。瑪紐霞的姊姊瓦里雅手裡拿著個高腳杯跑進來，表情奇怪、緊繃，好像嘴裡含滿了水一樣。看樣子她想繼續往前跑，可是忽然開始哈哈大笑，接著又嚎啕大哭，高腳杯「哐噹」一聲滾到了地上。我們把她扶住，送走了。

7 在莫斯科。

「一點都搞不懂！」後來她躺在老保母住的最靠邊的那個房間，嘟嘟囔囔地說，「沒人，上帝，沒人能懂！」

可是大家都很明白，她比妹妹瑪麗亞大四歲，但還是沒有出嫁。她哭不是因為嫉妒，而是意識到她的好日子正在消失或者可能已經過去了而倍覺傷感。當大家跳卡德里爾舞時，她已經出現在大廳，哭過的臉上撲著厚厚的粉。我看見波梁斯基上尉為她舉著一個盛冰淇淋的小碟子，她用一個小勺慢慢地吃著……

現在已經早上五點多了。我寫日記是為了表述自己飽滿又豐富的幸福，我以為能寫六頁，明天讀給瑪麗亞聽，但是很奇怪，我的腦子全亂了，我開始糊塗，好像在做夢，記得特別清楚的只有瓦里雅的事，我想寫：可憐的瓦里雅！我可以一直坐在這裡寫下去：可憐的瓦里雅！對了，這時候樹葉嘩嘩地響起來了，要下雨了，烏鴉在嘎嘎地叫，我的瑪麗亞剛睡著，不知為何面帶憂傷。

此後尼基金很久沒有動他的日記。八月初他開始忙著給學生補考和忙入學考試，聖母升天節之後就開始上課了。通常他早上八點多離家上班，九點多就開始想念瑪麗亞和自己的新家，不住地看錶。上低年級課時，他讓一個孩子讀，其他人聽寫，自己則坐在窗口，閉著眼幻想，不管是想像未來還是回憶起過去，全都像童話一樣美好。高年級的學生朗誦果戈里或普希金的散文，這讓他發睏，他的腦子裡浮現出種種幻象——人、樹、田野、大馬，於是他歎了口氣，好像在讚美作者似的，說：

「多好啊！」

長的下課時間時，瑪麗亞讓人給他送來早餐，早餐用雪白的餐巾包著，他吃得很慢，細細咀嚼，好延長享受的時間。而伊波利特．伊波利特奇的早餐通常只是一個白麵包，他帶著尊敬和羨慕看著尼基金，說些眾所周知的東西，比如：

「不吃東西人就不能活了。」

放學後尼基金去當家教，當他五點多終於能回家去時，覺得又高興又擔心，好像已經離家一年了似的。他跑著上了樓，氣喘吁吁地找到瑪麗亞，抱住她、吻她，發誓說他愛她，沒有她活不了，向她保證說非常想她，害怕地問她是不是不舒服，為什麼看起來那麼不開心。然後他們兩個人一起吃飯，飯後他躺到書房的長沙發上抽菸，而她坐在他身邊跟他小聲說話。

現在他覺得最幸福的日子是星期天和節日，因為他從早到晚都可以在家。在這些日子裡，他會過著簡單但非常愉快的生活，他覺得這種生活就像田園牧歌。他一直看著他那聰明賢慧的瑪麗亞營造愛巢，也想表示自己不是多餘的人，就做些沒用的事，比如從棚子裡把雙輪馬車拖出來，圍著它來回打量。瑪紐霞用三頭乳牛辦起了真正的牛奶場，地窖裡有很多大罐小罐的牛奶、優酪乳，這些都是她用來做奶油的。有時候尼基金開玩笑地找她要一杯牛奶，她嚇壞了，因為這會壞了規矩，但是他笑著抱住她，說：

「好啦，好啦，我開個玩笑，我的寶貝！我開個玩笑！」

有時他也嘲笑她太認真，比如，她在食品櫃裡發現了一塊變質得像石頭一樣硬的香腸或乳酪，就會說：

「把這個拿給廚房的人吃。」

他跟她說，這麼小的一塊只適合放到捕鼠器上去，可是她激烈地辯駁，說男人根本不會過日子，女僕也永遠不知足，哪怕把三普特的好吃好喝送到廚房，她也不會驚訝。於是他表示同意，高興地擁抱她。要是她說了公道話，尼基金就覺得她不同凡響，令人折服；如果哪些話跟他的想法相抵觸，他就覺得她天真可愛。

有時候他來了哲學的興致，討論起某個抽象的題目，她就帶著好奇的表情看著他的臉。

「我和你在一起無比幸福，我的心上人，」他擺弄著她的手指或把她的辮子拆開再編上，說道，「可是我不認為我得到這個幸福是偶然的，好像從天而降一樣。這個幸福是完全自然的，合情合理、順理成章。我相信人是自己幸福的締造者，現在我得到的正是我創造的。沒錯，老實說，這幸福是我自己創造的，是我有權擁有的。你知道我的過去。早年失祜，生活貧苦，不幸的童年，悲慘的青年，所有這些都是奮鬥，都是我鋪設的走向幸福的道路……」

十月，學校受到了重大損失：伊波利特．伊波利特奇腦袋上得了丹毒去世了。去世前兩天他失去了意識，說著胡言亂語，但就算胡言亂語也是些眾所周知的話：

「伏爾加河流入裡海……馬吃燕麥和乾草……」

葬禮那天學校沒有上課。同事和學生抬著他的靈柩，學校的合唱團一路唱著〈神聖的上帝〉直到墓地。參加葬禮的有三個神父、兩個輔祭、整個男校的師生和穿著體面長袍的主教唱詩班。路人看到這個隆重的送葬隊伍都會畫十字，說：

「願上帝讓每個人都死得這麼體面。」

尼基金為之感動，從墓地回家後，在桌子抽屜裡找到日記，寫道：

剛剛我們給伊波利特．伊波利特奇．雷日茨基下了葬。勤懇的勞動者，願你安息！瑪麗亞、瓦里雅和參加葬禮的所有女人都流下了真心的眼淚，可能是因為她們知道，從來沒有一個女人愛過這個既無趣又呆頭呆腦的人。我想在我的同事墓前說些有感情的話，但是有人警告我說，這可能讓校長不快，因為他不喜歡死者。自從婚禮以後，這好像是第一個讓我感到心中難過的日子……

而後整個一學期再沒有任何特別的事了。

這個冬天很不像樣，沒有嚴寒，還下著溼漉漉的雪。比如說主顯節[8]前夜，刮了整整一夜的風，那風的哀鳴聲就像秋天一樣；房頂上的雪開始融化，滴下水來，到早上做水祓除儀式[9]時，警察不讓任何人去河上。據他們說，這是因為冰面膨脹了，變黑了。

儘管天氣不好，尼基金的生活還是和夏天時一樣幸福。他甚至新添了一項消遣：學會了玩「文特」。只有一件事偶爾會讓他心煩、生氣，似乎妨礙了他百分之百的幸福：作為陪嫁接收的貓和狗。各個房間裡總是散發著獸舍的氣味，特別是早晨，這種氣味用什麼都蓋不住。貓狗還經常打架。凶惡的穆什卡一天要餵上十遍，但牠照舊不認尼基金，老對著他叫：

「嗚嗚……汪汪汪……」

大齋期間[10]，有一天午夜，他在俱樂部玩牌之後回家。天上下著雨，又黑又泥濘。尼基金覺得心裡有點彆扭，卻怎麼也不明白這是為什麼：是因為在俱樂部輸了十二盧布嗎，還是因為算帳時一個牌友說尼基金有的是錢，顯然是在暗示他得到了陪嫁？十二個盧布並不可惜，而牌友的話也沒有任何惡意，但這一切還是令人不快。他甚至不想回家了。

「呸，這可不好！」他在路燈下站住，自言自語。

他想道，他之所以不心疼那十二個盧布，是因為那是白得的。如果他是個工人，他就會知道每個戈比的價值，而不會對輸贏毫不在乎。而且他整個的幸福生活，他思忖著，都是白來的、白得的，對他來說這幸福實質上是一種過分的奢侈，就像藥對於健康人一樣。如果他像絕大多數人一樣為一塊麵包而奔波，被金錢壓得抬不起頭，為生存而奮鬥，如果他因為工作而背痛胸疼，那麼晚飯、溫暖舒適的住處和家庭的幸福對他來說就是生活的需要、獎賞和裝點，然而現在這一切卻有某種說不清道不明的古怪意味。

「呸，這可不好！」他再次說，他很清楚，這種想法本身就是不好的徵兆。

他到家時瑪麗亞已經躺在床上了。她呼吸平穩，面帶微笑，看起來睡得很香。一隻白貓蜷成一團，躺在她的身邊發出呼嚕聲。尼基金點著蠟燭，抽起菸來，這時候瑪麗亞醒了，一口氣喝了一杯水。

「我吃了好多水果軟糖。」她笑著說。「你去我們家了嗎？」停了一下，她問道。

「沒，沒去。」

尼基金已經知道，最近令瓦里雅抱著很大希望的波梁斯基接到了調職令，要去一個西部省分，他已經在城裡各處辭行，所以岳父家的氣氛很壓抑。

「傍晚時瓦里雅來了，」瑪麗亞坐起來，說道，「她什麼都沒說，可是從她的臉上可以

---

8 耶誕節後第十二天。
9 在俄曆一月六日，需要在冰面上鑿洞、下水。
10 指復活節前的大齋期，持續四十天。

看出她有多難受，這個可憐人。我受不了波梁斯基：一個胖子，皮膚鬆弛，走路和跳舞時臉頰肉直抖……我看不上這種人。但是畢竟我曾認為他是個正派人。」

「現在我也認為他是一個正派人。」

「那他對瓦里雅為什麼那麼惡劣？」

「怎麼惡劣了？」尼基金問道，他對那隻先弓起腰，又把身體拉長的白貓心生厭煩，

「據我所知，他並沒有求婚，也沒做出過任何承諾。」

「那他為什麼經常去我家？要是不打算娶，就不要去。」

尼基金吹熄蠟燭，躺下了。但他不想睡覺，也不想躺著。他覺得自己的腦子又大又空，像個倉庫，有一些新而特別的想法轉來轉去，好像長長的陰影。他想，在柔和的燈光下，這寧靜幸福的家庭生活之外，在他跟這隻貓那麼安寧甜美地生活於其間的小小世界之外，還有另一個世界……他忽然非常嚮往，渴望進入那另一個世界，他想像著自己在某個工廠或大作坊裡工作、講學、編書、出版、呼號、勞累、受苦……他渴望有什麼東西可以把他牢牢抓住，讓他忘記自己，對個人的幸福無動於衷，因為這種幸福的感覺太單調了。忽然，他的腦海裡栩栩如生地浮現出謝巴爾金刮光鬍子的臉，他驚嚇地說：

「您連萊辛都沒讀過！您多麼落伍啊！上帝啊，您真墮落！」

瑪麗亞又開始喝水。他瞄了一眼她的脖頸、她豐滿的肩膀和胸脯，想起那個准將曾在

教堂說她是一朵鮮花。

「一朵鮮花。」他喃喃地說，笑了。

迷迷糊糊的穆什卡在床下聽見他說話，就叫了起來：

「嗚嗚……汪汪汪……」

一股強烈的怨氣像把涼涼的錘子敲打著他的心，他想對瑪麗亞說點粗魯的話，甚至跳起來打她一下子。他的心跳加快了。

「這麼說，」他克制著自己，問道，「我常去你們家，就一定要娶你嗎？」

「那當然。你自己很清楚。」

「真有趣。」

過了一分鐘，他又說了一遍：

「真有趣。」

為了不要說出什麼不該說的話，也為了平靜心情，他去到自己的書房，躺在沒有枕頭的長沙發上，後來又躺在地毯上。

「真荒謬！」他讓自己平靜下來，「你是一個老師，從事高尚的職業……你還需要什麼其他的世界？真是亂想！」

但他隨即很有把握地對自己說，他不是老師，而是官吏，像那個教希臘語的捷克人一樣沒有才華也沒有個性。他對老師的工作從來都沒有認同感，不瞭解教育學，也從不感興趣，他不會跟孩子打交道，也不知道教的東西有什麼意義，說不定是些根本沒用的東西。已故的伊波利特．伊波利特奇是明擺著的愚鈍，所有同事和學生都知道他是個什麼人，會如何說話做事，而他尼基金卻像那個捷克人一樣，會隱藏自己的愚鈍，巧妙地騙過眾人，做出假象，好像托上帝保佑，他一切都好。這些新的想法讓尼基金害怕，他拒絕這些想法，把這些想法叫做愚蠢的想法，相信這一切都只是發神經，過後他自己也會笑自己的……

確實，到早上他已經笑自己神經質，說自己是女人了。但他已經清楚，恐怕永遠失去了寧靜，對他來說，在這座沒抹灰泥的二樓房子裡已經不可能有幸福了。他明白，幻象已經消失，一種新而不安的自覺生活已經開始，這種生活中容不下安逸和個人的幸福。

第二天是禮拜天，他去了學校的教堂，在那裡跟校長和同事見面。他覺得大家好像都只忙著小心地把自己的粗俗和對生活的不滿掩蓋起來，而他為了不向他們暴露自己的不安，就愉快地微笑，說些瑣碎的事情。然後他去車站，看到郵政火車開來又開走，覺得此時隻身一人、不用和別人談話的感覺很舒服。

回家後他看到岳父和瓦里雅來家吃飯，瓦里雅的眼睛哭腫了，說頭痛，而謝列斯托夫吃得很多，大談現在的年輕人如何不可靠、如何缺少紳士風度。

「這是粗鄙！」他說道，「我就要當面對他說：這是粗鄙，親愛的先生！」

尼基金帶著愉快的笑容，幫著瑪麗亞照顧客人。可是飯後他去了自己的書房，鎖上門。三月的陽光亮亮地透過窗戶在桌子上投下一條條熱熱的光帶。才十二號，但大家已經要坐車[11]出行了，公園裡響起了椋鳥的喧鬧。好像瑪紐霞馬上就要走進來，用一隻手摟住他的脖子說，騎乘的馬或者輕便馬車已經到了門口，問他穿什麼才不會冷到。一個和去年同樣奇妙的春天開始了，預示著同樣的歡樂……但尼基金想的是最好現在能請假去莫斯科，住在涅格林路熟悉的出租房裡。隔壁的幾個人在喝咖啡和談論波梁斯基上尉，他盡量不聽，在日記上寫道：

上帝啊，我在哪裡？包圍我的除了庸俗還是庸俗。無趣又卑微的人，優酪乳瓶，牛奶罐，蟑螂，蠢女人……沒有什麼比庸俗更可怕、更傷人、更惱人的了。我要從這裡逃走，今天就逃走，否則我會發瘋！

11 冬天出行要乘坐雪橇，車廂下面是滑木，而不是輪子。

脖子上的安娜

一

在教堂舉行結婚儀式後連簡單的點心都沒有：這對新人各自喝了一杯酒，換了裝，就去火車站了。沒有安排歡樂的結婚舞會和晚餐，沒有音樂和舞蹈，代之以新婚夫婦前往兩百里外朝聖。很多人對這種安排表示讚賞，他們說摩傑斯特·阿列克塞伊奇職級高，歲數也不小了，舉辦喧鬧的婚禮大概不太適當，再說當一個五十二歲的官員娶了一位剛滿十八歲的女孩，那音樂聽起來也並不怎麼悅耳。人家還說，摩傑斯特·阿列克塞伊奇作為一個注重規矩的人，提出這次修道院之行就是為了讓他年輕的妻子明白，即使在婚姻關係中他也把宗教和道德置於首位。

大家為新婚夫婦送行。一群同事和親戚手裡拿著酒杯等著火車開動，大喊：「烏拉！」戴著大禮帽、穿著老師制服的父親彼得·列昂尼伊奇已經醉了，臉色蒼白，還一直舉著酒杯去碰車窗，懇求著：

「阿紐塔！阿妮雅！阿妮雅，我跟你說一句話！」

阿妮雅從車窗裡探出頭，向他俯下身來。他對她悄聲說了些話，但酒氣熏得她窒息，她只感到他在耳邊吹氣，什麼都聽不懂。父親在她的面前、胸前、雙手畫十字，同時呼吸不勻，淚眼婆娑。阿妮雅的兩個弟弟，中學生別佳和安德留沙在身後扯他的制服，難為情地小聲說：

「爸爸，好了……爸爸，別這樣……」

火車開動時，阿妮雅看見父親跟著車跑了幾步。他身子晃動，把酒灑了出來，他的樣子是那麼可憐、善良、愧疚。

「烏——拉！」他喊道。

現在這對新人開始獨處了。摩傑斯特．阿列克塞伊奇先把包廂打量了一遍，然後把東西放置到行李架上，微笑著在他年輕的妻子對面坐下。這個官吏中等個子，相當胖，身材圓圓的，保養得很好，留著長長的絡腮鬍，沒有留唇髭，圓圓的下巴刮得很光，輪廓分明，好像腳後跟。他面部最主要的特點是沒有唇髭。這個部位是新剃的，光溜溜的，逐漸過渡到像果凍一樣抖動的肥胖面頰上。他舉止莊重，動作從容，態度溫和。

「現在我不由得想起一件事，」他笑著說，「五年前，當克索洛托夫得到二級聖安娜勛章，去向大人表示感謝時，大人說：『現在您有三個安娜了：一個掛在衣襟[1]上，兩個掛在脖子上。』需要說明，那時候克索洛托夫的妻子，一個好吵架的輕浮女人，剛回到他身邊，她也叫安娜[2]。我希望，等我得到二等安娜勳章時，大人不會有理由對我說同樣的話。」

他瞇著一雙小眼笑了。她也笑了，同時暗暗害怕：這個人可以隨時用他溼漉漉的厚嘴唇吻她，而她已經沒有權利拒絕了。他那胖身子的輕緩動作讓她又恐懼又厭惡。他站起來，不慌不忙地從脖子上摘下勳章，脫掉制服和背心，穿上長袍。

「坐這裡吧。」他說著，坐到了安娜身邊。

她想起婚禮時的痛苦情形，當時她覺得，神父、賓客和教堂裡所有的人都用傷心的眼神看著她：她這麼可愛、漂亮，為什麼要嫁給這個上年紀的乏味官老爺？今天早上她還很興奮，覺得一切都安排得很好，可是舉行婚禮以及現在在車廂裡時，她卻覺得自己錯了，上當了，很可笑。現在她嫁給了一個有錢人，可是她依然沒有錢，連結婚禮服都是借錢做的。今天父親和弟弟送她時，她從他們的臉上看出他們一個戈比都沒有。今天他們吃得到晚飯嗎？明天呢？不知為何，她覺得現在父親和兩個男孩沒有她在身邊，飢腸轆轆的，心情一定跟母親葬禮後的第一個晚上一樣淒涼。

「哦，我多不幸啊！」她想，「我為什麼這麼不幸呢？」

摩傑斯特．阿列克塞伊奇是個一本正經的人，不善於跟女人打交道，此時他笨拙地碰了碰她的腰身，拍了拍她的肩膀，而她卻在想著錢、母親、母親的死。

母親去世以後，她的父親彼得．列昂尼伊奇，學校的書法兼繪畫老師，開始酗酒。家裡變窮了，男孩沒有靴子和套鞋，父親被告到民事法庭，法警來到家裡查封家具……真是奇恥大辱！阿妮雅要照顧酒醉的父親，給兩個弟弟補襪子，上市場，當人家稱讚她漂亮年輕、舉止優雅時，她覺得全世界都在看她那廉價的帽子和靴子上用墨水掩蓋的破洞。夜裡她常常哭，總是擺脫不了讓她惶惶不安的想法：學校馬上就會因為父親的不良嗜好而開除他，而他一定受不了，會像母親一樣死去。

但後來，和她家認識的幾個太太開始張羅起來，要給阿妮雅物色合適的對象，很快就找到了眼前這位摩傑斯特．阿列克塞伊奇。他不年輕，不好看，但是有錢。他有大約十萬盧布的存款，還有一個家傳的莊園在出租。這是一個規規矩矩的人，很得上司賞識，介紹人告訴阿妮雅，他可以毫不費力地請大人給校長，甚至給督學寫個條子，讓他們不要開除彼得．列昂尼伊奇……

她正想著這一件件事情，忽然聽到一陣音樂和著喧嘩的人聲一起湧進窗口。原來火車停在一個小站上了。月臺外有一群人，正在起勁地用手風琴和刺耳的廉價小提琴演奏音樂，而

1　男上衣的衣襟上有專門用於佩戴勛章用的紐襻。

2　阿妮雅正式的名字是安娜，阿妮雅是小名。

從高高的樺樹、楊樹以及月光籠罩的別墅背後傳來了軍樂隊的聲音：別墅那邊大概正在開舞會。一些住別墅的人和一些趁著天氣好出來呼吸新鮮空氣的市民正在月臺上閒逛，阿爾德諾夫也在其中，他是這片別墅區的所有者，很有錢。他又高又胖，深色頭髮，相貌像亞美尼亞人，眼睛很突出。他穿著一身奇怪的衣服，襯衫的胸前沒有繫扣，腳蹬一雙帶馬刺的高筒靴，肩頭披著一件拖地的黑色斗篷，好像女裝的拖地長下襬。他的身後跟著兩條獵狗，尖尖的臉向前探著，嗅著地面。

阿妮雅的眼裡還閃著淚，可是她已經把母親、錢、自己的婚禮這些事都拋在一邊，她跟認識的學生和軍官握手，快活地笑著，語速很快地說：

「您好，過得怎麼樣？」

她走出車廂，來到月光下，站在車廂口的小平臺上，好讓他們可以看到她的全身，因為她的衣帽嶄新，很好看。

「我們為什麼在這裡停車？」她問道。

「這是一個會讓點，」她得到了答覆，「在等郵車過去。」

她看到阿爾德諾夫在看她，就嬌媚地瞇起眼睛，開始大聲地講法語。由於自己的嗓音是那麼動聽，也由於有音樂聲，因為月亮映在池塘中，還因為阿爾德諾夫這個有名的唐璜和幸運兒帶著好奇望著她，以及大家都很高興，她忽然覺得快樂了。當火車開動，認識的軍官向她敬禮告別時，她不禁跟著隨後而來的音樂哼唱起來，那是樹林後的軍樂隊在演奏波爾卡舞曲。回到包廂時她的感覺大變，好像在小站上已經得到了信心，相信不管怎麼樣，她一定會幸福。

新婚夫婦在修道院過了兩天，然後回到城裡。他們住在公家的房子。當摩傑斯特．阿列克塞伊奇去上班時，阿妮雅就待在家裡彈琴，或是因為心煩而哭泣，或者躺在躺椅上讀小說或時尚雜誌。摩傑斯特．阿列克塞伊奇午飯吃得很多，喜歡談論政治、任命、調職和授獎，說應該勤奮工作，家庭生活不是享受而是責任，應該積少成多，他認為世上最重要的是宗教和道德等等。他把餐刀像劍一樣握在拳頭裡，說道：

「每個人都應該有自己的責任！」

阿妮雅聽著他的話，害怕地不敢吃東西，常常離開餐桌時還餓著肚子。午飯後丈夫休息，大聲地打著鼾，她就回自己家。

父親和兩個男孩看她的樣子有些異樣，好像在她進門前正指責她為了錢而嫁給一個不愛的無趣之人。她窸窸窣窣的絲綢衣服、她的手鐲和那副太太式的派頭讓他們感到又拘束又羞慚。她在場讓他們有點發窘，不知道該跟她說什麼，但他們還是一如既往地愛她，還是不習慣吃飯的時候少了她。她坐下和他們一起吃湯、粥和有股蠟燭味的羊油煎馬鈴薯。彼得．列昂尼伊奇顫巍巍地倒了一杯酒，又厭惡又貪婪地迅速喝光，然後又喝第二杯、第三杯……

別佳和安德留沙這兩個面色蒼白、眼睛大大的瘦弱男孩把酒瓶拿走，惶恐地說：「別喝了，爸爸……夠了，爸爸……」

阿妮雅也很不安，求他別再喝了，而他忽然跳起來，用拳頭砸著桌子。

「我不允許任何人管我！」他喊道，「兒子！女兒！我要把你們全趕走！」

但他的聲音裡含著軟弱，透著善良，誰都不怕他。午飯後他開始打扮。他臉色蒼白，下巴被刮破了，伸著細脖子，在鏡子前一站就是半個小時：梳頭，捲他的黑色唇髭，灑香水，繫領結，然後戴上手套和大禮帽去教家教。如果是節日，他就留在家裡畫畫或彈風琴，琴聲暗啞嗚咽，他盡力奏出勻整和諧的音符，並隨著音樂唱歌，或是對兩個男孩生氣：

「壞蛋！混帳！別把琴弄壞了！」

晚上阿妮雅的丈夫會跟同住在這棟公家房屋的同事玩牌，這時候官太太就會湊在一起。這些女人長得不漂亮，打扮也很俗氣，像廚娘一樣粗魯，她們湊在一處，就會傳一些和她們本人一樣不體面又沒品味的閒話。

有時候摩傑斯特．阿列克塞伊奇跟阿妮雅去看戲，幕間休息時他也不讓她離開一步，而是挽著她在走廊和休息廳走來走去，向某人鞠過躬後，他馬上對阿妮雅小聲說：「五品文官……受過大人召見……」或是：「這人有錢……有自己的房子……」當他們走過販賣部，阿妮雅很想買點甜食，她喜歡巧克力和蘋果派，可是她沒有錢，又不好請求丈夫。他拿起一個梨，用手指捏捏，遲疑地問：

「多少錢？」

「二十五戈比。」

「好傢伙！」他說著把梨放回原處。但是什麼都不買就離開販賣部也不好，於是他就要礦泉水，然後一個人把一瓶水全喝光，撐得眼淚都出來了。這種時候阿妮雅很恨他。

或者他會忽然漲紅臉，急忙對她說：

「向這位老太太鞠躬！」

「可是我不認識她。」

「鞠躬就是。這是財政局局長的夫人！跟你說了，快鞠躬啊，」他喋喋不休地嘀咕著，「你的腦袋又不會掉。」

阿妮雅鞠了躬，她的腦袋確實沒掉，可是很難受。她做了丈夫想讓她做的一切，但是憤憤不平，因為他欺騙了她，就像她是最傻的大傻瓜一樣。她嫁給他就是為了錢，可是現在手裡的錢卻比出嫁之前還少。過去父親好歹還會給個二十戈比，可是現在她卻一個銅板也沒有。她不能偷偷拿錢，也不能向丈夫要。

她怕丈夫。她覺得她懷著對這個人的恐懼已經很久了。小時候她總是把校長想像成一種最威嚴可怕的勢力，像一團烏雲或火車頭一樣，會隨時向她壓過來；第二個可怕的就是那位大人，他們在家裡總是談論他，不知為什麼害怕他。此外還有一二十個第二等可怕的勢力，包括學校的老師，他們總是把小鬍子剃光，很嚴厲，不通融。最終就是現在這位摩傑斯特．阿列克塞伊奇，他這個人規矩多得很，連面相都像校長。

在阿妮雅的心目中，所有這些力量都凝聚在一起，變成一隻可怕的大白熊，壓迫像她父親那種有過錯的弱者。她不敢說什麼反對的話，當她被粗魯地親熱，當她被讓她恐懼的摟抱所辱時，卻要強顏歡笑，假裝快樂。

彼得．列昂尼伊奇只有一次為了還一筆很討厭的債，鼓起勇氣向他借了五十盧布，可是他為此受了多大的罪啊！

「好，我可以給您，」摩傑斯特．阿列克塞伊奇想了想，說道，「可是我先說清楚，如果您不戒酒，我就再也不會幫助您。對於一個任國家公職的人來說，這樣的弱點很可恥。我不能不提醒您一個眾所周知的事實，這種嗜好曾毀掉很多有才華的人，而如果他們克制了這種嗜好，就可能慢慢成為高尚的人。」

隨後是長篇大論的複合句：「隨著……」、「鑒於這種情況……」、「綜上所述……」可憐的彼得．列昂尼伊奇因備受屈辱而渴望痛飲。

兩個男孩來阿妮雅家做客時通常都穿著破靴子和破褲子，他們也得聽他教訓：

「每個人都應該有自己的責任！」摩傑斯特．阿列克塞伊奇對他們說。

他不給阿妮雅錢，但是會給她買一些戒指、手鐲和胸針，說是存這類的東西可以防備萬一。他經常打開她五斗櫃的鎖，檢查東西是否都在。

二

說話間已是冬天了。耶誕節前好久，地方報紙上就宣布十二月二十九日會在貴族俱樂部舉辦例行的冬季舞會。摩傑斯特・阿列克塞伊奇每次打完牌都心事重重地看著阿妮雅，不安地跟官太太竊竊私語，然後在屋子裡走來走去，想著什麼事。終於有一天，很晚了，他在阿妮雅面前站住，說道：

「你該做些舞會的衣服，懂嗎？不過，你最好跟瑪莉亞・格里高利耶夫娜和娜塔莉亞・庫茲明尼什娜商量一下。」

他給了她一百盧布，她拿了錢，可是定製舞會服裝時她跟誰都沒商量，只是跟父親說了一下。她極力想像著如果是母親參加舞會會怎麼打扮。她去世的母親總是穿得很時尚，並總是幫阿妮雅打扮，把她打扮得很漂亮，像個洋娃娃。她跟母親學會了講法語，馬祖卡舞也跳得很好（母親婚前當過五年家庭教師）。阿妮雅和母親一樣會把舊衣服改成新衣服，用汽油洗手套，租 bijoux[3]。她也像媽媽一樣擅長瞇起眼睛，因為咬字發音不準而別有風情，會搔首弄姿，並在適當的時候興高采烈或是用憂傷神祕的眼神看人。從父親那裡她遺傳了黑色的頭髮和眼睛、神經質的氣質，以及總是喜歡打扮的作風。

出發去舞會之前半小時，摩傑斯特．阿列克塞伊奇來看她準備得怎麼樣。他自己還沒穿禮服，想要在她的穿衣鏡前把勛章掛在脖子上。他被她的美麗和輕盈爽眼、光彩照人的妝容迷住了，志得意滿地理理他的絡腮鬍，說：

「我妻子可真漂亮啊……你真美！阿紐塔！」他說著說著忽然鄭重起來，「我讓你幸福了，今天你也應該讓我幸福。我求你去結交大人的夫人！為了上帝！藉由她我可以得到高級呈報官的職位！」

他們出發去舞會。到了貴族俱樂部，階前有僕人迎候。他們走進前廳，這裡是寄衣處，有掛衣架和皮大衣，侍者進進出出，太太穿著暴露的晚裝，用扇子遮擋穿堂風，空氣中散發著煤氣燈和士兵的氣味。

阿妮雅挽著丈夫的手拾級而上，她聽到音樂聲，在一面巨大的鏡子裡看到了被無數燈光照著的自己，於是歡樂在她的心裡甦醒，她產生了一種幸福的預感，和在那個小站的月夜所感到的一模一樣。她驕傲又自信地走著，第一次感到自己不是女孩，而是太太，她不由得模仿起已故母親的步態和儀態。她一輩子第一次感到自己富有而自由。就算丈夫在旁邊她也不覺得難堪，因為一跨進貴族俱樂部的大門她就本能地猜到，有個老丈夫在身邊，不僅絲毫不會降低她的魅力，反而為她平添了一種男人十分喜歡且誘人的神祕味道。

大廳裡已經奏起了音樂，舞會已經開始。從公家的房子來到這明亮、光鮮、充滿音樂和喧嘩的所在，阿妮雅朝大廳掃了一眼，想道：「啊，多好啊！」隨即就認出了人群中所有的熟人，所有她在晚會和遊園時遇到的人，所有這些軍官、教師、律師、官吏、地主，還有大人、阿爾德諾夫以及那些上流社會的太太。這些太太衣著華麗而暴露，有的美，有的醜，她們已經在慈善市場的小木屋和販賣亭裡各就各位，準備為窮人義賣了。

一個身材魁梧、戴著肩章的軍官好像突然從地裡鑽出來一樣，邀請她跳華爾滋——這個人是她還是女學生時在老基輔街認識的，現在已經記不得他姓什麼了。於是她輕盈地離開丈夫，覺得自己好像在帆船上漂浮著，被捲入了強勁的風暴，而丈夫則遠遠地留在岸上……她忘情而陶醉地跳著，跳完華爾滋，又跳波爾卡，又跳卡特利爾，換了一個又一個舞伴，讓音樂和喧鬧弄得飄飄然，她交叉使用著俄語和法語，說說笑笑，不想丈夫，也不想別的人和別的事。男人喜歡她，這很清楚，毋庸置疑。她激動得喘不過氣來，緊緊地握住扇子，感到口渴。

父親彼得·列昂尼伊奇穿著散發著汽油味的皺巴巴制服走到她的面前，送來一個放著

3 法語，貴重的首飾。

紅色冰淇淋的小碟子。

「你今天很迷人，」他興奮地望著她說，「我還從來沒這麼後悔，你嫁得太倉促了……何必呢？我知道你這麼做是為了我們，可是……」他手顫抖著掏出一疊錢來：「今天我拿到了課酬，可以還你丈夫的帳了。」

她把小碟子塞到他手裡，被什麼人摟著滑到了遠遠的地方，隔著舞伴的肩膀，她瞄見父親摟著一位太太在鑲木地板上滑行，帶著她在大廳裡遊蕩。

「他沒喝醉的時候多可愛啊！」她想。

馬祖卡舞她也是跟那個魁梧的軍官跳的，他好像穿著制服的半截鐵塔，莊嚴沉重地走著舞步，只微微扭動肩膀和胸部，很勉強地踏著拍子——他一點也不想跳舞，可是她在旁邊舞姿翩翩，用她的美麗和裸露的脖頸撩撥他。她的目光熾熱，舞姿奔放，而他則變得越發淡漠，像個國王，恩賜似的把手伸給她。

「太棒了，太棒了！……」觀眾喝彩。

可是漸漸地，這個魁梧的軍官的興致也來了，他煥發了活力，興奮起來，被她的魅力征服，忘乎所以。他的舞姿變得輕快活泛，而她只是扭動著肩膀，狡黠地望著他，好像她變成了女王，而他是奴隸。這時，她覺得全場都在看著他們，而且所有人都看呆了，在嫉妒他們。一曲終了，這個魁梧的軍官剛對她表示了感謝，所有人就忽然閃開了一條路，男人更是古怪地挺直身體，垂手而立……原來這是穿著燕尾服、戴著兩顆星的大人朝她走來。

沒錯，大人正是朝她走來的，因為他的目光筆直而堅定地望著她，帶著甜膩的笑容，同時嘴唇像咀嚼那樣微微動著。每次他看到漂亮的女人總是如此。

「很高興，很高興……」他開口說道，「我要下令關您丈夫的禁閉，因為他一直把這樣的寶物藏起來，不讓我們看見。我是奉夫人之命來找您的，」他把手伸給她，繼續說，「您得幫我們個忙……是啊……應該為了您的美麗為您頒獎……就像在美國一樣……是啊……美國女人……我的夫人迫不及待地等著您呢。」

他把她帶到一座小木屋，那裡有一位上年紀的太太，她臉的下半部大得不成比例，看起來好像嘴裡含著一塊大石頭。

「請幫幫我們，」她用鼻音拖著長聲說，「所有的漂亮太太都在做義賣，只有您一個人不知為何在玩樂。您為何不想幫我們？」

她走開了，阿妮雅代替她守著一個銀茶炊和一些茶杯站著。生意馬上活躍起來。阿妮雅每一杯茶至少賣一盧布，並強迫那個魁梧的軍官喝了三杯。阿爾德諾夫這個長著一雙暴眼、有氣喘病的富人也過來了，他已經不像阿妮雅夏天見到的那樣穿著奇怪的服裝，而是跟大家一樣穿著禮服。他目不轉睛地望著阿妮雅，喝了一杯香檳，付了一百盧布，然後又喝了一杯茶，又交了一百盧布——他在做這些事的過程中始終一聲不出，因為喘得厲害……

阿妮雅招呼顧客，收錢，她已經深信，她的微笑和目光會給這些人帶來很大的滿足。她已經明白，她天生就是要過這種喧囂，絢爛，充滿笑聲，被音樂、舞蹈和崇拜者簇擁著的生活的。過去她對逼近她、威脅要把她壓死的力量感到很恐懼，現在卻覺得這很可笑。她已經不怕任何人了，只為母親而難過。如果能分享她的成功，母親一定很高興。

彼得·列昂尼伊奇的臉已經白了，但還能站得穩，他來到小木屋，要了杯白蘭地。阿妮雅臉紅了，覺得他會說出些不合適的話（她已經為有這樣一個貧窮而平凡的父親感到難為情了），可是他喝了酒後從那一疊錢中拿出十盧布丟下，就一言不發地莊重地走了。過了一會兒她看見他和人在跳grand-rond，但這一次他已經在搖晃，大聲喊叫，讓跟他跳舞的太太很難堪。阿妮雅想起，三年前他也是在舞會上這樣站立不穩和吵吵嚷嚷，最後被派出所所長送回家睡覺，第二天學校校長就威脅要開除他。這回憶來得真不是時候！

當每個小木屋的茶炊都熄滅了，那些做慈善的太太也累了，她把錢交給嘴裡好像含著石頭的老太太後，阿爾德諾夫就挽著阿妮雅走進大廳，那裡為所有參加義賣服務的人準備了晚餐。吃飯的只有二十來人，不會再多，但是非常吵鬧。大人發表了祝酒詞：「在這個奢華的餐廳裡，讓我們為今天義籌款的對象——那些廉價食堂——的興盛而乾杯。」一位准將提議為「即使大炮也要在其面前屈服的力量乾杯」，於是大家紛紛探身跟太太碰杯。真是非常非常開心！

阿妮雅被送回家的時候，天已經亮了，廚娘去買菜了。她心情快活，帶著醉意，腦子裡裝滿了新的見聞，筋疲力盡地脫了衣服，倒在床上，馬上就睡著了……

下午一點多女傭把她叫醒，報告說阿爾德諾夫先生來訪。她很快穿戴好，來到客廳。阿爾德諾夫剛走，大人就來了，對她參加慈善義賣表示感謝。他狎昵地看著她，嘴唇像咀嚼那樣微微動著，吻她的手，請求允許他再來，然後離開了。她驚訝地癡癡站在客廳的中央，不敢相信她的生活這麼快就發生了如此驚人的變化，就在這時，她丈夫摩傑斯特·阿列克塞伊奇進來了……現在他站在她面前，她在他的臉上看到了那種面對權貴和名人時的諂媚、巴結和奴顏婢膝的表情，這種表情她很熟悉。她已經確信不會有任何危險了，於是帶著欣喜、憤怒，和輕蔑，清清楚楚地說：

「走開，笨蛋！」

從此以後阿妮雅一天也不得閒，因為她時而野餐，時而參加遊園會，時而演戲。她每天都到凌晨才回家，躺在客廳的地板上，然後有聲有色地跟大家講她如何睡在花下。她要花很多錢，但她已經不怕摩傑斯特·阿列克塞伊奇了，她花他的錢就像花自己的錢一樣，她不請求，不強要，只是給他送去帳單或一張條子：「給來人兩百盧布」或「速付一百盧布」。

復活節時摩傑斯特得到了二等安娜勛章。當他來到大人府上表示感謝時，大人放下報紙，往圈椅深處靠了靠。

「這麼說，您現在有三個安娜了，」他打量著自己有粉紅色指甲的白手，說道，「一個戴在衣襟上，兩個掛在脖子上。」

摩傑斯特．阿列克塞伊奇謹慎地用兩個手指壓住嘴唇，以防笑得聲音太響，說道：

「現在只等小弗拉基米爾出世了。我斗膽請大人做教父。」

他指的是弗拉基米爾四級勛章，他已經在想像他如何到處跟人講自己這個又機智又大膽的雙關語，他還想說點什麼機警的話，但大人已經重新埋進了報紙，只點了點頭……

而阿妮雅依然坐著三駕馬車到處跑，跟阿爾德諾夫去打獵，參加獨幕劇的演出，參加飯局，越來越少回娘家了。父親和弟弟已經習慣自己吃飯了。彼得．列昂尼伊奇比從前喝得更厲害了，沒有錢，風琴早就賣了還債了。現在兩個男孩已經不讓他一個人出去，總是跟著他，怕他跌倒。在老基輔街，他們遇到阿妮雅時（她坐在一馬駕轅一馬拉套的馬車上，阿爾德諾夫坐在車夫的位子上趕車），彼得．列昂尼伊奇就會摘下大禮帽，想喊點什麼，可是別佳和安德留沙拉著他的手，懇求地說：

「不要，爸爸……好了，爸爸……」

有閣樓的房子（畫家的故事）

一

那是在六、七年前，當時我正在T省的一個縣裡，住在地主別洛古洛夫的莊園。別洛古洛夫是個年輕人，他很早起，一天到晚穿著腰部帶褶的外衣晃來晃去，每天晚上總是邊喝啤酒邊跟我訴苦，說無論在哪裡都遇不到一個理解他的人。

他住在花園的小屋裡，而我住在主人的主屋，那是一座老房子，有附立柱的大廳，然而除了我睡覺的寬大沙發以及我用來擺紙牌算卦的桌子以外，大廳裡再無一件家具。不知怎的，就算在無風的天氣裡，那老舊的阿莫索夫式的爐子裡也總是發出嗡嗡的聲音。遇到雷雨天氣，整個房子都在戰慄，好像眼看就要分崩離析似的，那情形有些嚇人，特別是當半夜出現閃電，十扇大窗戶忽然全都大亮起來的時候。

我命中註定逍遙度日，所以整日無所事事。我一連幾個小時都在窗口看天，看鳥，看林蔭道，讀從郵局送來的所有讀物，睡覺。有時候我也會出去隨意逛逛，直到很晚才回來。

有一次回家時，我不經意地走到了一個不認識的莊園。太陽已經隱去，開花的黑麥田上鋪著一道道暗影。種得很密的高高的老雲杉好像兩面緊實的樹牆，構成一條幽暗美麗的林蔭道。我輕快地越過柵欄，沿著這條林蔭道往前走。地上鋪著有一寸厚的雲杉落葉，走在上面滑滑的。周遭很安靜，天色已暗，只有樹梢上還有一片明亮的金光閃爍，把蜘蛛網映得五光十色。針葉的香味很濃，讓人有點透不過氣來。後來我彎進一條長長的椴樹林蔭道。這條路也同樣荒蕪得很，去年的落葉在腳下沙沙作響，顯得很寂寥，暮色中樹木之間暗影幢幢。右邊的老果園中有一隻黃鶯在有氣無力地啼叫，大概也是隻老鳥。

說話間我已經到了椴樹林蔭道的盡頭，走過一幢有露臺和閣樓的白房子後，眼前意外地出現了一個地主的庭院和一個大池塘，池塘邊有一個浴棚和一片綠色的垂柳，水塘對岸有一座村莊和一座細高的鐘樓，鐘樓頂上的十字架映著落日的餘暉，亮閃閃的。我瞬間被迷住了，產生了一種親切又熟悉的感覺，好像我在童年的某個時刻已經見過這幅景象。

院子和田野之間是一座白色的石門，這門老舊而結實，有獅子造型的裝飾。門旁站著兩個女孩。其中年紀較大的那個長得很好看，纖細，蒼白，栗色的頭髮盤成沉甸甸的一髻，小嘴的線條給人一種固執的感覺。她表情嚴肅，對我幾乎沒加注意。另一個還相當年輕，大概十七八歲，不會再大了，也長得纖弱蒼白，眼睛和嘴巴都很大。當我從旁邊走過時，她驚訝地看著我，用英語說了一句什麼，露出害羞的神情。我覺得，這兩張可愛的面孔也是早就熟悉的。我帶著一種做了個美夢的感覺回到了住處。

沒過多久，一天中午，我和別洛古洛夫正在房子附近散步，一輛有彈簧的馬車出其不意地刷拉刷拉駛過草場，進了院子，車上坐的正是那兩個女孩其中一個，是年紀比較大的那個。她拿著一份認捐書，來替遭受火災的人募捐。她眼睛不看我們，非常嚴肅和詳細地向我們說明，西亞諾夫村有多少房子被燒毀了，多少男女老幼無家可歸，救災委員會（現在她是其中一員）首先準備採取哪些措施。她讓我們簽了認捐書，然後把它收好，馬上就告辭了。

「您完全把我們忘了，彼得．彼得洛維奇。」她邊向別洛古洛夫伸出手邊說道，「請過來做客，如果 monsieur[1] N（她說了我的姓）肯撥冗光臨寒舍，看看他的天才崇拜者是怎麼生活的，媽媽和我會很高興。」

我鞠了個躬。

她走後，彼得．彼得洛維奇跟我講了這家的情況。據他說，這女孩家世很好，名叫麗佳．沃爾奇亞尼諾娃，她和母親、妹妹住的莊園以及水塘對岸的村子都叫舍爾科夫卡。她父親曾經在莫斯科位居要津，死在三等文官的任上。儘管沃爾奇亞尼諾娃家財力雄厚，她們卻無論冬夏都不離開鄉下，麗佳在自家所有的舍爾科夫卡村的地方自治會學校教書，一個月賺

1　法語，先生。

二十五盧布。她只花這個錢，為能自食其力而感到自豪。

「滿有趣的一家人，」別洛古洛夫說，「我們哪天去她們那裡坐坐吧。我們去了她們會很高興的。」

在一個節日，午飯後我們想起了沃爾奇亞尼諾娃一家，就去舍爾科夫卡拜訪她們。母親和兩個女兒都在家。母親葉卡捷琳娜．巴甫洛芙娜看起來曾經很漂亮，而現在卻過早發福，得了氣喘，神情憂鬱，心不在焉，吃力地跟我聊風景畫的話題。她聽女兒說我可能會來舍爾科夫卡，就趕忙回憶起她在莫斯科某個畫展上見過的我的兩三幅畫，現在她問我想用這些畫表達什麼。麗佳，或者照家裡人的叫法，麗達，主要跟別洛古洛夫說話。她面無笑容地嚴肅地問他為何不在地方自治會做事，為何至今沒有參加過一次地方自治會的會議。

「這不好，彼得．彼得洛維奇，」她責怪地說道，「不好，簡直丟人。」

「說得對，麗達，說得對，」她母親表示同意，「這樣不好。」

「我們縣完全掌握在巴拉金的手裡，」麗達轉向我，繼續說道，「他自己當地方自治會的執行主席，又把縣裡所有的職位都分給了他的侄子和女婿，為所欲為。應該抗爭。年輕人應該組成一個強有力的黨派，可是您看看，我們的年輕人是什麼樣子的。丟臉哪，彼得．彼得洛維奇！」

談論地方自治會時，妹妹熱尼雅一直沒出聲。她不參與嚴肅的談話，在家裡她還沒被看做大人，像個孩子似的被叫做米秀斯，因為她小時候叫她的家庭教師「米秀斯」[2]。她始終好奇地看著我，當我翻看相冊時，她對我說：「這是叔叔……這是教父。」她用可愛的手指指點著相片，同時孩子氣地用肩膀碰我，於是我便在近處看到了她那還沒發育好的嬌弱胸脯、纖弱的雙肩、髮辮，以及緊緊束著腰帶的瘦身子。

我們玩槌球和 lown-tennis[3]，在花園散步，喝茶，然後不慌不忙地吃晚飯。我在那個有柱子的空蕩蕩大廳裡住過一陣子後，感覺這個不大卻舒適的房子處處稱心：牆上沒有粗俗的畫，對僕人說話用「您」，因為麗達和米秀斯在旁邊，我覺得這裡的一切都年輕、潔淨、高雅。

吃飯時麗達又和別洛古洛夫說起了地方自治會、巴拉金和學校圖書室這些事。她是個精力充沛、真誠、有主見的女孩，聽她講話滿有意思的，雖然她的聲音很高，而且滔滔不絕，也許因為在學校習慣了這麼說話。

而我那位彼得．彼得洛維奇——他上大學時練就了把一切談話搞成爭論的本事——講話卻沒精打采，乏味冗長，顯然想裝成一個睿智的進步人士。他做手勢時用袖子弄翻了盛醬

2 對英國女家庭教師的稱呼，正確的發音是 miss。
3 英語，原文如此，疑應為 lawn tennis（草地網球）。

料的碗，把桌巾弄溼了一大片，可是除了我，好像沒人發現。

我們回去時天已經黑了，四野寂靜。

「好的教養不是說你不會把醬料灑在桌巾上，而在於如果有人碰灑了，你能視而不見。」別洛古洛夫感歎道，「是啊，這家人很有氣質，很有修養。唉，我離開上等人太久了。總是俗務纏身！」

他說起要想做一個模範的莊園主人需要做多少多少事情。而我想的卻是：「這個小個子多無趣、多懶啊！」他每次要說什麼嚴肅的事情，總是拖著「欸——欸——欸」的長音，做事也像說話一樣，慢吞吞的，總是拖延、誤期。他辦事我信不過，因為我曾託他到郵局寄信，他卻一連好幾個星期把信收在口袋裡也沒發出去。

「最難過的是，」他跟我並排走著，念叨道，「最難受的是，你埋頭苦幹，可是誰都不領情，一點都不領情！」

二

此後我開始不時造訪沃爾奇亞尼諾娃一家。我通常會愁悶地坐在露臺的下層臺階上，我對自己不滿，一想到生命那麼迅速而平庸地流逝卻無可奈何，就恨不能把胸口撕開，把那顆沉重的心掏出來。與此同時，陽臺上有人在說話，可以聽見衣服窸窸窣窣和有人翻書的聲音。我很快就習慣了麗達白天接待病人、分發圖書、經常撐著傘而不戴帽子去村裡，以及晚上高聲談論地方自治會和學校的事。這是一個身材苗條、美麗，卻總是很嚴厲的女孩，她小嘴的線條是那麼精緻，但每到說起正經事，她總會淡淡地對著我來一句：

「您對這個不感興趣。」

我不投她的緣。她不喜歡我，因為我是風景畫家，在我的畫作中不描繪人民的貧困，而且我，在她看來，對她堅信的東西不以為然。記得我在貝加爾湖沿岸旅行時，碰到過一位布里亞特女孩，她騎在馬上，穿著藍粗布的衣褲。我問她能不能把她的菸袋賣給我，我們談話時，她帶著輕蔑打量著我的歐洲面孔和我的帽子，很快就懶得和我說話，然後吆喝一聲就策馬而去了。麗達對我正是這種蔑視異族的態度。她表面上一點都沒有表示出對我的不歡迎，但我能感覺到，所以我氣呼呼地坐在露臺的最下一層臺階上說，本身不是醫生卻幫農民看病就是欺騙他們，又說如果有兩千畝地的話，做個慈善家是很容易的。

而她的妹妹米秀斯則無憂無慮，和我一樣整日閒散。早上一起床，她馬上就抓起一本書在露臺上讀起來，她坐在深深的圈椅裡，兩腳才剛碰到地面；有時她會帶著一本書躲到林蔭道那裡，再不就到院外的野地裡去。她整日讀書，如飢似渴地讀，只有偶爾看到她目光疲倦、臉色煞白的樣子，你才知道原來閱讀讓她很費神。我從她旁邊走過時，她看到我會微微紅了臉，然後放下書，活潑起來，用一雙大眼睛望著我的臉，告訴我發生了什麼事，比如說，下房的煤煙起火了，或是一個幫工在池塘抓到了一條大魚。平日裡她喜歡穿淺色的襯衫、深藍色的裙子。我們一起散步，摘櫻桃做果醬，或者划船。當她跳起來摘櫻桃或划槳時，她那雙纖弱的手就會在寬大的袖子裡隱約可見。有時候我寫生，她就站在旁邊看，不時讚歎著。

七月底的一個星期天，早上九點左右，我來到沃爾奇亞尼諾娃家。我在花園中離房子較遠的地方邊閒晃邊找白蘑菇（那年的白蘑菇很多）。我在找到的蘑菇旁做上記號，等等好跟熱尼雅一起採。一陣溫熱的風吹過，我看見熱尼雅和她母親，兩人都穿著淺色的節日服裝，正從教堂回家。熱尼雅用手扶住帽子，免得它被風吹跑。後來我又聽到她們在露臺上喝茶。

對於我這個優哉游哉，總是為自己的遊手好閒找理由的人來說，莊園中這種夏天節日的早晨總是非常迷人的。此時綠茵茵的園子還帶著晨露的潮氣，卻已被陽光照得一片明媚，房子旁邊的木犀草和夾竹桃散發出香氣，一切都欣欣向榮。當年輕人剛從教堂回來，在園子裡喝茶，當大家都穿得那麼可愛、那麼高興，當你知道，所有這些好看的健康人吃飽喝足後將在漫長的一天中無所事事，你就不禁希望世上的生活就是這個樣子。此時我就一邊在園子裡晃來晃去，一邊這樣想著，恨不得一整天、整個夏天都這樣漫無目的、無欲無求地走來走去。

熱尼雅挎著籃子走了過來，她那表情好像表示她知道或預感到會在園子裡見到我。我們邊採蘑菇邊說話，當她想問什麼的時候，就會向前搶一步，好看到我的臉。

「昨天我們村裡發生了奇蹟，」她說，「瘸子別拉蓋婭病了一年，什麼醫生、什麼藥都沒用，昨天老太婆念叨了一陣，就好了。」

「這沒什麼，」我說，「不要總在病人和老婆子身上找奇蹟。難道健康不是奇蹟嗎？生命本身不是奇蹟嗎？不可思議的都是奇蹟。」

「您對不可思議的東西不覺得害怕嗎？」

「不害怕。我會精神抖擻地走到我不明白的東西面前，不會向它們屈服。我高於它們。人應該意識到自己高於獅子、老虎和星星，高於自然中的一切，甚至高於那些不可思議的、好像很奇異的東西，否則他就不是一個人，而是一隻什麼都怕的老鼠。」

熱尼雅以為我是藝術家所以知道得很多，而且可以準確地猜測我所不知道的東西。她希望我引領她到永恆的、最美好的境界。在她看來，我屬於那個崇高境界的人，於是她跟我談論上帝，談論永恆的生命和奇蹟。我呢，因為不願讓自己的想像在死後歸於寂滅，就回答說：「是的，人是不死的。」或者：「是的，我們將獲得永生。」她聽到我的話，並不需要證明就相信了。

當我們朝房子走的時候，她忽然停下腳步，說道：

「我們的麗達很優秀，不是嗎？我熱烈地愛她，隨時可以為她犧牲生命。可是您說，」熱尼雅用手指碰了碰我的袖子，「您說，為什麼您和她總是爭吵呢？您為什麼生氣呢？」

「因為她不對。」

熱尼雅搖搖頭表示反對，眼裡湧出了淚水。

「真不可思議！」她說。

這時候麗達剛從什麼地方回來，手裡拿著馬鞭站在臺階旁，苗條，漂亮，沐浴著陽光，正跟一個幫工吩咐什麼事。她匆匆忙忙，大聲說話，給兩三個病人看了病，然後帶著精幹而操心的神情在各個房間進進出出，時而打開這個櫃子，時而打開那個櫃子，然後上了閣樓。喊她吃飯也喊了半天，可是直到我們已經喝完了湯她才過來。

不知為何，所有這些小細節我都記得，都很喜歡，這一天雖然並沒有發生什麼特別的事情，我卻記得一清二楚。午飯後熱尼雅陷在深深的軟椅裡看書，我則坐在露臺最下一級的臺階上。我們沒有說話，天上雲峰湧動，開始稀稀落落地灑下一些雨點。天很熱，風早就停了，這一天好像沒有盡頭一樣。葉卡捷琳娜．巴甫洛芙娜睡眼惺忪，手拿扇子來到了露臺上。

「哦，媽媽，」熱尼雅說，「白天睡覺對你不好。」

她們互相寵愛。一個剛到花園，另一個已經站在露臺上，朝著樹那邊喊道：「嗨，熱尼雅！」或是：「媽媽，你在哪裡？」她們總是一起祈禱，兩個人都信上帝，就算不說話，彼此也心意相通，很有默契。她們對人的態度也是相同的。葉卡捷琳娜．巴甫洛芙娜也很快習慣了和我相處，對我頗有好感，要是我兩三天不來，她就會派人來問我身體好不好。她也對我的寫生畫讚歎有加，也像米秀斯那樣把發生的事情全都瑣瑣細細、一五一十地告訴我，還經常向我透露家裡的祕密。

她對自己的大女兒很崇敬。麗達從來不會做出親暱的表現，她只談正事，過著自己特殊的生活。母親和妹妹覺得她超凡脫俗又有點神祕，就像水手對那永遠待在指揮艙的海軍上將的感覺。

「我們的麗達很優秀，不是嗎？」母親經常這麼說。

這時候，天空中飄著雨絲，我們談論著麗達。

「她很優秀，」母親說，然後又壓低聲音，像密謀者那樣害怕地看看周圍，補充道，「這樣的人就是大白天點著燈也難找，不過，您知道，我開始有點擔心了。學校，藥房，書本——這些當然好，但為什麼要走極端呢？她都二十三、四了，該好好考慮自己的事了。像這樣教書呀、看病呀，不知不覺日子就過了……該嫁人了。」

讀書讀得臉色發白、髮辮鬆弛的熱尼雅微微抬起頭，看著母親，好像自言自語地說了一句：

「媽媽，什麼事都得聽上帝的意思！」

然後就又沉浸在閱讀中了。

別洛古洛夫來了，他穿著腰部帶褶的外衣和繡花襯衫。我們玩槌球和 lown-tennis，後來，當天黑下來時，又吃了很長時間的晚飯。麗達又談起學校和把持了全縣的巴拉金。這天晚上離開沃爾奇亞尼諾娃家時，我帶走了一個悠閒長日的種種印象，還有一種憂思：我感覺到，世上萬事無論多麼漫長終將結束。熱尼雅一直把我們送到大門口，也許是因為她和我從早到晚一起度過了整整一天，離開她讓我覺得若有所失，我對她們全家也倍感親切，於是想畫點什麼，在整個夏天這還是第一次。

「請問，您為什麼過得那麼無趣，那麼沒精打采？」我和別洛古洛夫一起往回走，路上我這樣問他，「我的生活乏味、沉重、單調，因為我是玩藝術的，我是個怪人，我從早年就心懷嫉妒，對自己不滿，對自己的事業沒有把握，這些都讓我備受折磨。我總是很窮，漂泊不定。可是您呢，您是個健康的正常人，一個地主、老爺，您又為什麼過得那麼無趣，那麼無欲無求呢？比方說，您為什麼至今沒有愛上麗達或熱尼雅呢？」

「您忘了，我愛另一個女人。」別洛古洛夫回答。

他說的是和他一起住在小屋的女友柳波芙·伊凡諾夫娜。我每天都看見這個很胖的女人像一隻被餵肥的母鵝一樣大搖大擺地在園子裡散步，她身穿俄式服裝，戴著項鍊，總是撐著傘，僕人一下喊她吃東西，一下喊她喝茶。三年前她租了一個小屋做避夏別墅，結果就留下來和別洛古洛夫一起生活了，看起來他們會長久地過下去。她要比他大十來歲，對他管得很嚴，甚至連出門都要得到她的允許。她經常嚎啕大哭，粗聲大氣像個男人，那種時候我就會叫人去對她說，要是她不安靜，我就搬走，於是她就會安靜。

我們回到家，他坐在長沙發上皺著眉發呆，我則在大廳裡走來走去，像戀愛的人一樣，心裡暗潮湧動。我想談論沃爾奇亞尼諾娃一家。

「麗達只會愛一個像她一樣熱衷於醫院和學校的地方自治會成員，」我說，「哦，要得到這樣的女孩的青睞不僅要做地方自治會的成員，甚至要像在童話中一樣，踏破鐵鞋呢。那米秀斯呢？米秀斯是多好的女孩啊！」

別洛古洛夫拖著長聲，長篇大論地談起時代病——悲觀主義。他講得很有把握，語氣急切，好像我在和他爭論。當一個人坐在那裡滔滔不絕、不肯告辭，其惹人厭煩的程度甚於穿越幾百里荒涼草原的單調旅程。

「問題不在於悲觀主義或樂觀主義，」我惱火地說，「而在於百分之九十九的人都沒腦筋。」

別洛古洛夫認為這話是針對他說的，他怒了，拂袖而去。

三

「公爵正在馬拉喬莫夫做客，向你問好。」麗達從外面回來，邊脫手套邊對母親說，「他講了很多有意思的事……他答應再次在全省會議上提出馬拉喬莫夫醫療站的問題，可是他說希望不大。」然後她轉向我說：「對不起，我總是忘了，您對這個問題不會感興趣。」

我一股火上來了。

「為什麼沒興趣？」我聳聳肩膀，說道，「您不喜歡聽我的意見，不過我跟您保證，我對這個問題很感興趣。」

「是嗎？」

「是的。照我的意見，馬拉喬莫夫根本不需要醫療站。」

我的火氣也傳染給她了，她瞇起眼睛看看我，問道：

「那需要什麼？風景畫嗎？」

「也不需要風景畫。這裡什麼都不需要。」

她已經摘下手套，打開了剛從郵局送來的報紙。過了一分鐘，她顯然克制著自己，小聲說道：

「安娜上個星期生孩子死了。要是附近有醫療站，她就能活下來。諸位畫家先生想必應該對此有某種看法吧。」

「我對此有明確的看法，我向您保證。」我回答道。而她用報紙擋住臉，好像並不想聽。「照我看來，在現有的條件下，醫療站、學校、圖書室和藥房只是在幫著奴役人。世人被巨大的鎖鏈拴住，您不是打斷這個鎖鏈，而是添加一些新環節——這就是我的看法。」

她抬眼看看我，嘲諷地笑了笑，我繼續說下去，盡量抓住主要的思路：

「重要的不是安娜因為生孩子死了，而是所有這些安娜、瑪芙拉、別拉蓋婭從早到晚彎腰工作，因為力不勝任的勞動而得病，一輩子為飢餓和生病的孩子擔驚受怕，一輩子怕死怕生病，她們要看一輩子病，早早地憔悴、衰老，在骯髒惡臭中死去。她們的孩子長大後也是這一套，幾百年這樣周而復始，千千萬萬的人時時提心吊膽，過著不如動物的生活——不過是為了一塊麵包。他們處境的全部可怕之處在於，他們從來不會想到心靈，無暇想起自己的形象和樣式[4]。飢餓、寒冷、動物性的恐懼、像雪崩一樣劈頭壓下的繁重勞動，這些把他們跟所有的精神活動隔絕開了，而精神活動正是把人和動物區別開來的東西，是唯一值得活下去的東西。您用您那些醫院和學校來幫他們，可是這些並不能減輕他們的負擔，相反，您更

4 指人的尊嚴。典出《舊約．創世記》：「神說，我們要照著我們的形象，按著我們的樣式造人。」

加奴役了他們，因為您給他們的生活引進了新的迷信，使得他們的要求增加了，更不用說他們還得為了斑蝥藥膏和書本向地方自治會付錢，也就是更要累得直不起腰來了。」

「我不和您爭論，」麗達放下報紙，說道，「我已經聽過這種話了。我只想跟您說一句話：不能坐在那裡什麼都不做。沒錯，我們不能拯救人類，而且也許經常犯錯，但是我們做我們能做的，所以我們是對的。一個知識分子最高和最神聖的任務是為周圍的人服務，我們正試圖以我們的能力去服務。您對此不滿意，但讓人人滿意本來就不可能。」

「說得對，麗達，說得對。」母親說。

麗達在場時她總是有些膽怯，不安地看她的臉色，唯恐說出什麼多餘或不恰當的話。她從不和她唱反調，總是附和：說得對，麗達，說得對。

「農民認字、寫著可憐的訓誡和俏皮話的小書、醫療站，這些既不能減少愚昧，也不能減少死亡，就像您窗口的燈光無法照亮這個大花園。」我說，「您什麼都給不了他們，您介入這些人的生活只會給他們造成新的需求和新的勞動理由。」

「哎呀，天哪，但是總得做點什麼吧！」麗達氣惱地說，從她的語氣可以看出她覺得我的宏論毫無價值，不值一駁。

「需要把世人從繁重的勞動中解放出來。」我說，「需要減輕他們的重負，讓他們喘口氣，不必一輩子守著爐灶和洗衣盆，不用在田裡消耗一生，而是也有時間想想靈魂，想想上帝，可以更開闊地表現他們心靈的潛質，每一個人的天賦全在精神活動、在於不斷尋找真理和生活的意義；應該讓他們不必從事粗笨的動物般勞動，讓他們獲得自由的感覺，那時您會發現這些書本和藥房有多可笑。人一旦意識到他真正的天賦，就只有宗教、科學和藝術才能夠滿足他，而不是這些瑣碎的東西。」

「擺脫勞動！」麗達嘲笑地說，「這難道可能嗎？」

「可能。您可以跟他們分擔。如果我們大家，城市和農村的居民，所有人都願意沒有例外地平分人類為了滿足生存需求所要付出的勞動，那麼也許我們每個人每天只要做兩三個小時就夠了。請想像一下，我們所有人，無論貧富，每天只工作兩三個小時，剩下的時間都是空閒。請再想像一下，我們未來更少依賴體力，更少勞動，發明了代替勞動的機器，並盡量減少我們的需求，減少到最低限度。我們鍛鍊自己、鍛鍊我們的孩子，使他們能忍飢耐寒，我們不用時刻為他們的健康提心吊膽，就像安娜、瑪芙拉、別拉蓋婭一樣。想想看，我們不用看病，不開藥房、藥廠、酒廠，那最終我們可以剩下多少自由時間！我們大家一起把這閒暇獻給科學和藝術。就像有時農民配合默契地修路一樣，我們大家也可以同心協力地尋找真理和生活的意義，那樣——我深信——真理很快就會被發現，人類就可以擺脫這種令人備受折磨和壓制的對於死亡的永恆恐懼，甚至擺脫死亡本身。」

「可是您自相矛盾，」麗達說，「您滿口科學，可是您否定識字。」

「如果一個人只是會念一些酒館的招牌，偶爾念點他不理解的書，這樣的識字我們從留里克時代就有，果戈里寫的彼得魯什卡[5]早就認字了。可是鄉村呢，留里克時代什麼樣，現在還是什麼樣。我們需要的不是認字，而是廣泛開發心靈能力所需的自由。需要的不是小學，而是大學。」

「您連醫學都否定。」

「是的。醫學的用途只是研究疾病這種自然現象，而不是治療疾病。要說醫治，該治的也不是病，而是病因。消除了主要的病因——體力勞動，就不再有疾病了。我不承認醫治的科學，」我亢奮地繼續說下去，「真正的科學和藝術追求的不是暫時而局部的目標，而是永恆而普遍的目標。科學和藝術尋求的是真理和生活的意義，是上帝和靈魂，當科學和藝術被套在日常的貧窮和當務之急的事情上，跟藥房和圖書室攪在一起時，就只能讓生活更複雜、更沉重。我們有很多醫生、醫士、律師，有很多識字的人，可是完全沒有生物學家、數學家、哲學家、詩人。所有的智慧，所有的心靈能量都用於滿足轉眼即逝的暫時需求……學者、作家和藝術家拚命工作，拜他們所賜，生活一天比一天方便，身體的需要一天比一天多，可是離真理還遠得很，人仍舊是最凶殘、最齷齪的動物，整體趨勢是大多數人類正在退化，永遠失去一切生命力。在這種情況下，藝術家的生命沒有意義，他越有才華，他的作用就越奇怪和難以理解，因為事實上他的工作是供凶殘齷齪的畜生消遣，是在支持現有的秩序。我現在不想工作，將來也不打算工作……什麼都不需要，讓世界下地獄去吧！」

「米秀斯，你出去，」麗達對妹妹說，顯然認為我的話對年輕的女孩有害。

熱尼雅怏怏地看看姊姊，又看看媽媽，走了出去。

「說這種話的人通常都是想為自己的冷漠找理由。」麗達說，「否定醫院和學校要比治病和教書容易。」

「說得對，麗達，說得對。」母親附和道。

「您說您不會去工作，」麗達繼續說，「顯然，您對您的工作評價很高。我們別再爭了，我們永遠無法達成共識的，因為我認為就算一個您那麼鄙夷，且最不完善的圖書室和藥房也比世界上所有的風景畫高明。」說完她馬上轉向母親，全然用另一種語氣說道：「公爵瘦了很多，比來我們家時樣子大變了。他們要他到維希[6]去。」

她和母親談公爵，就是為了不和我說話。她的臉漲紅了，為了掩飾激動的情緒，她像近視一樣深深地俯身湊近桌子，假裝在讀報。這是對我下了逐客令，於是我告辭回家。

5 果戈里的長篇小說《死靈魂》中主角乞乞科夫的僕人。

6 法國的溫泉療養地。

四

外面很安靜，池塘對岸的村莊已經沉睡，看不到一點燈光，只有池塘中倒映著微弱的星光。熱尼雅一動不動地站在有石獅子的大門口，等著送我。

「村裡人都睡了。」我對她說。我努力在黑暗中看清她的臉，結果看到了一雙注視著我的黑眼睛，眼裡充滿憂傷，「酒館老闆和盜馬賊都安睡著，而我們這些體面的人物卻在互相鬥氣、爭吵。」

這是一個八月的憂鬱夜晚，已經有秋天的氣息，月亮升起來了，但是被紫色的雲彩遮著，朦朧地照著道路和路兩旁黑漆漆的冬麥地。不時有流星滑落。熱尼雅和我並排走在路上，盡力不看天空，免得看到滑落的流星——不知為何流星讓她害怕。

「我覺得您是對的，」她說，夜間的溼氣讓她冷得發抖，「如果所有人都能齊心協力地把力量用於精神事業，他們很快就能瞭解一切。」

「當然。我們是最高級的生物，如果我們真的瞭解人的天賦的全部力量，只為了崇高的目標生活，那麼最終我們就會變得像神一樣。可是這永遠也不會發生——人類正在退化，天賦連影子也沒剩下。」

已經看不到大門了，熱尼雅停下腳步，匆匆地握了握我的手。

「晚安，」她顫聲說，她的肩頭只有一件薄襯衫，所以冷得瑟縮著，「明天來吧。」

想到剩下我一個人生悶氣、怨天尤人，我就覺得受不了，於是也盡量不去看那些滑落的星星。

「再陪我一下，」我說，「求求您。」

我愛熱尼雅。我愛她可能是因為她總是迎送我，用溫柔讚美的眼神看我。她蒼白的臉，纖細的脖子和手臂，她的柔弱、閒適，她的那些書都是多麼美好動人啊！那麼頭腦呢？我想她未必有什麼過人的智慧，但我讚賞她的視野開闊。我愛她可能還因為她的想法不同於嚴厲、美麗、不喜歡我的麗達。熱尼雅喜歡的是作為畫家的我，我以我的才華征服了她的心，我熱切地想只為她一人作畫，夢想她是我的小女王，和我一起擁有這些村莊、田野、霧靄、雲霞，擁有這奇妙又迷人的自然，可是從前我在大自然中卻感到自己是多餘的，極其孤獨。

「再待一下，」我請求道，「求您。」

我從身上脫下大衣，披在她瑟縮的肩頭。她唯恐披著男性大衣顯得滑稽、不好看，於是笑起來，要把它甩掉。這時候我擁抱了她，在她的臉上、肩上、手上不停地吻起來。

「明天見！」她喃喃地說，然後小心翼翼地，好像唯恐打破夜的寂靜，擁抱了我，「我們互相沒有祕密，我應該馬上把一切告訴媽媽和姊姊……這真可怕！媽媽沒關係，媽媽喜歡您，可是麗達……」

她朝大門跑去。

「再見了！」她喊道。

大約兩分鐘內我還能聽到她跑步的聲音。我不想回家，也沒必要回去。我愣愣地站了片刻，就悄悄地折回去，好再次看看她住的那所親切而樸拙的老房子，它閣樓的窗戶像眼睛一樣望著我，好像什麼都明白似的。我從露臺旁走過，來到網球場旁，坐在老榆樹影子裡的長椅上，朝房子那邊望去。在米秀斯住的閣樓上，明亮的燈光閃了一下，而後變成了寧靜的綠色——這是用罩子把燈罩住了。幾條人影動了起來……我心裡充滿柔情，很寧靜，對自己感到滿意，因為我能夠迷戀，能夠愛。與此同時我也感到有點不自在，因為想到此時此刻，就在這座房子的一個房間裡、就在離我幾步遠的地方，住著麗達，她不喜歡我，甚至可能恨我。我坐在那裡一直在等，看熱尼雅會不會出來。我側耳傾聽，覺得閣樓上彷彿有人在說話。

過了將近一小時，綠色的燈光熄滅了，影子也看不見了。月亮已經高掛在房子上方，照著沉睡的花園和小徑。房前花壇中的大麗菊和玫瑰看得清清楚楚，只不過好像全都是同一個顏色。已經很冷了。我出了園子，在路上撿起大衣，不慌不忙地往回走。

第二天午飯後我來到沃爾奇亞尼諾娃家，只見通往園子的玻璃門大開著。我在露臺上坐了一會兒，等著熱尼雅的身影出現在花壇背後的空地或某一條林蔭道上，或是從房間裡傳來她的聲音。後來我進到客廳、餐廳。一個人都沒有。我從餐廳通過長長的走道來到前廳，然後又往回走。在走廊上有幾扇門，其中一扇門後傳來了麗達的聲音。

「上帝……送給……烏鴉……[7]」她慢慢地高聲讀著，看樣子在聽寫，「上帝送給烏鴉……一塊乳酪……誰在那裡？」她聽到我的腳步聲，忽然大聲問。

「是我。」

「哦！對不起，現在我不能出去，我正在教達莎念書。」

「葉卡捷琳娜．巴甫洛芙娜在園子裡嗎？」

「不，她今天一早和妹妹一起去奔薩省我阿姨家了。她們很可能要在國外過冬……」她略沉吟了一下，補充道，「上帝送給烏鴉……一塊乳酪……寫好了嗎？」

我回身來到前廳，不知為何腦子裡一片空白，茫然望著水塘和村莊，耳邊傳來誦讀聲：「一塊乳酪……上帝送給烏鴉一塊乳酪……」

我沿著第一次來莊園的路離開，只不過順序相反：先從院子走進花園，經過房子，然後走過椴樹林蔭道……這時一個小男孩追上我，交給我一張紙條。

---

7 這是克雷洛夫寓言《烏鴉和狐狸》。

我把一切都告訴姊姊了，她要求我和您分開。我不能違拗她，讓她傷心。上帝會給您幸福的，請原諒我。您不知道，我和媽媽哭得多傷心！

然後我到了幽暗的雲杉林蔭道、歪倒的柵欄……在那曾經黑麥開花、鵪鴣啼叫的田野，現在散放著乳牛和套著腿絆的馬。遠近山丘上長著綠油油的冬麥。我一下子清醒了，恢復了慣常的情緒，忽然為在沃爾奇亞尼諾娃家說過的那番話感到難為情，又像從前一樣，覺得活得很沒意思了。回家後我收拾行李，當晚就去了彼得堡。

我再沒見過沃爾奇亞尼諾娃一家。不久前，有一次我去克里米亞，途中在火車上遇到了別洛古洛夫。他還是穿著束腰長外衣和繡花襯衫，當我問候他的健康時，他回答說「托您的福」。我們聊了起來。他把莊園賣了，以柳波芙．伊凡諾夫娜的名義另外買了一個小一些的。關於沃爾奇亞尼諾娃家他說得不多。他說，麗達仍然住在舍爾科夫卡，在學校教孩子讀書；漸漸地，她身邊聚集了一批意見相投的人，形成了有勢力的一派，在最近的一次地方自治會選舉中「幹掉了」此前掌控全縣的巴拉金。關於熱尼雅，別洛古洛夫只是說，她不住在家裡，不知道在哪裡。

我已經漸漸淡忘了那座有閣樓的房子，只是偶爾在畫畫或讀書時，會忽然無緣無故地回想起窗口那綠色的燈光和夜裡我走在田野上的腳步聲——當時我正在戀愛，在回家的路上冷得搓著手。更少的時候，當我被孤獨和憂鬱所苦，我會模糊地想起往事，漸漸地，不知怎麼，我開始覺得她也在想著我、等著我，我們還會見面。……

米秀斯，你在哪裡？

在大車上

早上八點半他們出了城。

路面是乾的，這是一個陽光明媚的四月，但是在溝底和林子裡還有殘雪。沒幾天前還是嚴酷、黑暗，而漫長的冬天，忽然間，春天就來了。可是坐在大車上的瑪莉亞・瓦西里耶夫娜對什麼都沒有感覺：溫暖的天氣，被春氣熏得懶懶的青翠樹林，飛翔在野外像湖水一樣的大片水窪之上的黑色鳥群，乃至那奇妙、深邃、吸引人滿懷喜悅地乘風而上的天空，這一切她都不覺得新鮮有趣。她當老師已經十三年了，這些年中她數不清多少次去城裡領薪水，不管是現在這樣的春天，還是下雨的秋日傍晚，或是冬天，對她來說都一樣，她總是一成不變地盼望一件事：快點到。

她有種感覺，好像她在這個地方已經生活了很久很久，已經有一百年了，這條從城裡到學校的路上的每塊石頭、每棵樹她好像都認識。這裡有她的過去和現在，至於對未來的想像，似乎也只有學校與這條進城和回校的路，然後又是學校，又是這條路，此外再沒有別的了……

她已經不習慣回憶當老師之前的生活了，差不多把它全忘了。那時候她有父親和母親，住在莫斯科紅門附近的一所大房子裡，可是對這一段生活的記憶已經模糊，好像是個夢。她十歲時父親死了，很快母親也死了……她有個當軍官的哥哥，剛開始還有通信，後來哥哥不再回信，就斷了聯繫。過去的東西只剩下母親的照片，可是因為學校的住處溼氣很重，照片已經褪色，現在除了頭髮和眉毛，什麼都看不出了。

當他們走出了大約三里地，趕馬車的老人謝苗回過頭來說：

「城裡抓了一個官，給押解走了。聽說他在莫斯科跟德國人一起打了市長阿列克謝耶夫。」

「這是誰告訴你的？」

「在伊凡．姚內奇的酒館有人看報說的。」

他們又很久沒說話。瑪莉亞．瓦西里耶夫娜想著她的學校，馬上要考試了，她要送四個男孩和一個女孩去應考。她正想著考試的事，地主漢諾夫坐著四匹馬駕的車趕了上來，去年他曾在她的學校主持考試。當兩輛車並排時，他認出了她，並欠身問好。

「您好！」他說，「您要回家嗎？」

這個漢諾夫四十幾歲，臉色憔悴，神色委頓，已經明顯現出老態，但相貌仍然很好，很討女人的喜歡。他獨居在自己的大莊園中，不擔任任何公職，據說他在家什麼都不做，只是在房內走來走去，吹口哨，或是和老僕人下棋。人家還傳說他酗酒。確實，去年考試時，他帶來的紙上都散發著香水和葡萄酒的味道。當時他全身穿著新衣服，瑪莉亞．瓦西里耶夫娜很喜歡他，坐在他旁邊感到十分不知所措。她以往接待的考官都是性格冷淡、頭腦清晰的那種人，而這個人卻不記得任何一條祈禱詞，也不知道該問什麼問題，然而極有禮貌，非常客氣，給每個人都打五分。

「我去找巴克韋斯特，」他接著對瑪莉亞．瓦西里耶夫娜說道，「但聽說他不在家？」

馬車從大路轉到了鄉間小路上，漢諾夫的車在前，謝苗趕車跟在後面。四匹馬在泥地裡用力拖拽著沉重的馬車，一步一步地順著路往前走。謝苗則不時跳下車幫著馬，上坡過坎，曲曲折折地往前走。

瑪莉亞．瓦西里耶夫娜還在想著學校，想著考試的題目不知是難還是容易。昨天她去了地方自治會，卻一個人都沒找到，這讓她很不快。真不像話！她提出要求，要解雇那個看門人，因為他什麼事都不做，還對她態度粗魯，打學生，可是要求了兩年都沒人聽。很難在地方自治會遇到主席，要是遇到了，他就眼裡含著淚說他沒時間。教務主任三年中只來了學校一次，可是什麼都不懂，因為他過去在稅務部門工作，是託人情得到教務主任的職位的。校務會很少開，也不知在哪裡開。本校的督學是個識字不多的粗人、一個皮革廠的老闆，人不聰明，又粗魯，但跟看門人很要好，天知道應該找誰去投訴，跟誰商量……

「他長得真是滿好的。」她看了漢諾夫一眼，想道。

路越來越糟了……他們進了樹林。車已經沒有迴旋的餘地，車轍很深，裡面積著水，車軋過去時「咕唧咕唧」地響，帶刺的樹枝打著臉。

「這是什麼路啊？」漢諾夫發出疑問，笑了起來。

女老師看著他，心中感到不解：這個怪人為何要住在這裡？在這個窮鄉僻壤，這樣骯髒無趣的環境中，他的錢、他不俗的外貌、他精緻的教養能給他帶來什麼呢？他從生活中得不到一點優待，此刻跟謝苗一樣在惡劣的道路上艱難行進，忍受著同樣的不適。既然有可能住在彼得堡或國外，為何要住在這裡呢？還有，他這個有錢人似乎應該把這條路修好，那樣他就不用受罪，也不用看到他的車夫和謝苗的臉上那種絕望的表情了，可是他只是笑，好像對什麼都無所謂，他不需要過更好的生活似的。他善良、溫和、天真，不理解這種粗糙的生活，對它一無所知，就像在考試時不知道祈禱文一樣。他只捐給學校一些地球儀，就真心認為自己是個有用的人，是人民教育事業的傑出人物了。可是誰需要他那些地球儀啊！

「坐穩，瓦西里耶夫娜！」謝苗喊道。

大車猛地一歪，差點翻了，一個很重的東西滾到瑪莉亞．瓦西里耶夫娜的腳邊，這是她買的東西。這條泥土路要爬一個上山的陡坡，在彎彎曲曲的山溝裡有幾條小溪，水嘩嘩地流著，好像要把路吞掉——路真難走！馬打著響鼻，漢諾夫下了車，穿著長大衣走在路邊。他覺得熱。

「這是什麼路啊?」他又問了一遍,笑了起來,「照這樣下去,不用多久馬車就會被弄壞的。」

「誰要您在這種天氣出門的!」謝苗沒好氣地說,「該待在家裡。」

「老爺子,在家悶得慌。我不願意待在家裡。」

他走在老謝苗的身旁,越發顯得身材頎長,精神飽滿,可是他走路的樣子中有種難以察覺的東西,好像他這個人已經中毒、衰弱、快死了。樹林裡好像忽然散發出酒的氣味。瑪莉亞·瓦西里耶夫娜開始感到害怕,可憐起這個無緣無故正在赴死的人,她冒出一個想法,如果她是他的妻子或姊妹,她會獻出自己的一切來救他的命。當他的妻子?命運的安排是,他獨自住在他的大莊園裡,她獨自住在偏僻的村子裡,但不知為什麼,他和她可能成為彼此親近和平等的人這件事似乎是連想都不能想的,是極荒唐的。實際上整個生活都已安排好,人與人的關係已經固定,形成很奇怪的狀態,以至於只是想起來都覺得可怕,連心跳都要停了。

「真不明白,」她想,「上帝為何要把漂亮的外貌、溫文爾雅的風度、憂鬱親切的眼睛給那些虛弱、不幸、沒用的人,為什麼這種人那麼惹人喜歡呢?」

「在這裡我們要向右轉了,」漢諾夫坐回車上,說道,「再見!一路順風!」

她又想起她的學生、考試、看門人、校務委員會。當風從右面送來遠去的馬車聲時，這些想法就跟別的一些想法混在一起了。她要想想那漂亮的眼睛、愛情、永遠不會有的幸福……

當一個妻子？

早上天氣冷，沒人生爐子，看門人不知去哪裡了；學生天剛亮就來了，身上帶著雪和泥，吵吵鬧鬧的。一切都不方便，不舒服。她的住處只有一個房間，廚房也在這裡。每天下課後她都頭痛，吃過飯後覺得燒心。得向學生收買木柴和雇看門人的錢，把錢交給督學，然後求這個腦滿腸肥蠻不講理的鄉下人看在上帝的分上把木柴送來。而夜裡她夢到的是考試、農民、雪堆。

這樣的生活讓她變老，變粗俗，變得不好看，遲鈍、笨重，好像被灌了鉛。她總是害怕，當著執行委員會的委員或學校的督學總要站起來，不敢坐下，當談到他們中的哪個人時，她要用尊稱「大人」。誰都不喜歡她，生活沉悶地過去，沒有柔情、沒有友情、沒有有趣的熟人。在這種處境下，要是她愛上了誰，那會是多可怕的事啊！

「坐穩，瓦西里耶夫娜！」

又是上山的陡坡……

她是因為窮才當老師的，而不是出於什麼使命感。她從不想使命和教育的好處，她總覺得，她的工作中最重要的不是學生，也不是教育，而是考試。再說哪有時間思考使命和教育的好處呢？老師、不富裕的醫生、醫士這些人工作得這麼辛苦，卻甚至不可能自以為在為理想、為大眾服務中得到寬慰，因為他們滿腦子想的都是一點口糧、木柴、糟糕的路、疾病。他們的生活極其艱難、無趣，只有像瑪莉亞·瓦西里耶夫娜這種默默地做牛做馬的人才能長期忍受。那些活潑、神經質，而多愁善感的人總是談論自己的使命，標榜為理想而服務，卻很快就會厭倦，然後拋下那些工作。

謝苗挑比較乾、比較近的路走，時而經過草地，時而穿過人家的後院，可是一下是農民不給過，一下子走到神父的地盤，過不去，一下子又發現伊凡·姚內奇剛從老爺手裡買下了某塊地，挖溝圍了起來，結果常常要調轉馬頭。

他們終於來到了下格羅基謝。酒館旁停著幾輛大車，車上裝著大瓶的濃硫酸，車下到處都是馬糞，馬糞下面的雪還沒化。酒館裡人很多，都是趕車的，瀰漫著伏特加、菸草和羊皮的味道。酒客聊得很熱鬧，滑輪門不時「砰砰」地開開關關，隔壁的小店裡有人在不間斷地拉手風琴。瑪莉亞·瓦西里耶夫娜坐下喝茶，而隔壁桌是幾個農民，他們正在喝伏特加和啤酒，因為喝了茶，酒館裡又悶熱，他們都大汗淋漓的。

「你聽著，庫奇瑪，」他們亂糟糟地吵嚷著，「那還用說！上帝保佑！伊凡·傑敏季奇，我要給你一下子！親家，看著點！」

一個小個子的農民，蓄著黑色的大鬍子，麻臉，他早就醉了，忽然對什麼事感到吃驚和不爽，很難聽地大罵起來。

「那個人罵什麼呢，你！」坐在遠處的謝苗生氣地搭腔道，「你沒看見嗎，這裡有位小姐！」

「小姐……」另一個角落有人挖苦著學舌。

「壞蛋！」

「我沒別的意思……」小個子農民發窘了，「對不起您了。我們嘛，花自己的錢，小姐花她的錢……您好！」

「你好。」女老師回答。

「太謝謝您了。」

瑪莉亞·瓦西里耶夫娜滿意地喝著茶，也變得跟農民一樣滿臉通紅，她又在想木柴、看門人……

「親家，等一下！」鄰桌有人嚷著，「維亞佐夫村的女老師……我們知道！是好小姐。」

「正派人！」

有滑輪的門總是「砰砰」地響，有人進，有人出。瑪莉亞·瓦西里耶夫娜坐在那裡一直在想同樣的事，而隔壁的手風琴一直在拉呀拉的。地板上有太陽投下的光斑，後來光斑移到了櫃檯上、牆上，最後完全消失了，這說明時間已經是午後，太陽已經偏西了。鄰桌的農民開始準備上路。那個小個子農民，有點搖搖晃晃地走到瑪莉亞·瓦西里耶夫娜面前，向她伸出了手。別的人也學他伸手告別，魚貫而出，有滑輪的門吱吱叫著，「砰砰」地響了九次。

「瓦西里耶夫娜，準備走吧！」謝苗喊道。

他們上路了，又開始慢慢地往前進。

「前陣子在他們下格羅基謝建了個學校，」謝苗轉過臉說，「造孽！」

「怎麼了？」

「聽說主席收進口袋裡一千盧布，督學也收了一千盧布，老師拿了五百。」

「整個學校才值一千盧布。造別人的謠不好，老大爺。這都是胡說。」

「我不知道……人家說什麼我就說什麼。」

可是顯然，謝苗不相信女老師的話。農民都不信任女老師。他們總認為女老師的工資太高了──一個月二十一盧布（五盧布就夠了）。他們認為跟學生收的木柴費和看門費大部分都被她私吞了。督學也跟所有的農民想的一樣，而他自己卻從木柴上撈好處，還瞞著上司從農民那裡收做督學的服務費。

謝天謝地，總算出了樹林，從這裡直到維亞佐夫都是平路，而且也不遠了：只要過了河，再穿過鐵路，就是維亞佐夫了。

「你往哪裡去？」瑪莉亞．瓦西里耶夫娜問謝苗，「走右邊那條路，過橋。」

「不用，從這裡也能過。水不深。」

「小心別把我們的馬淹了。」

「不會的。」

「看，漢諾夫也去橋那邊了，」瑪莉亞．瓦西里耶夫娜看見右邊遠處有輛四駕馬車，說道，「那好像是他吧？」

「哦，是他。八成沒找到巴克韋斯特。真是傻瓜，上帝啊，他往那邊走，何必呢？我們從這裡走能近整整三里呢。」

他們的車來到河邊。夏天時這是一條很容易涉水過去的小河，一般到八月初時就乾了。但現在，在春汛之後，這河有六丈寬，水流湍急、渾濁、冰冷。河岸和水邊有新的車轍，可見有馬車從這裡涉水過河。

「往前走！」謝苗生氣而不安地吆喝著，他用力抓住韁繩，像鳥兒扇動翅膀那樣架著手肘，「走啊！」

馬走進水裡，水到了馬肚子時，牠停住了，但馬上又鼓起力氣往前走，瑪莉亞．瓦西里耶夫娜只覺得腳上冷得刺骨。

「快走啊！」她撐起身子，也跟著喊，「前進！」

他們上了岸。

「什麼東西啊，那個，上帝，」謝苗一邊整理著馬具，一邊嘟囔，「那個地方的自治會真折磨人……」

她的套鞋和靴子裡都灌滿了水，裙子和短大衣的下部，還有一隻袖子都溼了，一直滴水，糖和麵粉也進水了——這是最糟的，瑪莉亞．瓦西里耶夫娜只能絕望地拍一下手，說：

「哎呀，謝苗，謝苗！……你這個人可真是的！……」

平交道口的柵欄放下了：一列特快列車正從車站開來。瑪莉亞．瓦西里耶夫娜站在平交道等著火車過去，冷得全身發抖。已經能看見維亞佐夫了，綠頂的學校，映著夕陽、閃閃發光的教堂十字架，火車站的窗子也閃著光，車頭吐出玫瑰色的煙……她覺得所有東西都凍得發抖。

現在那火車來了。車窗像教堂的十字架那樣亮晃晃的，把眼睛都照花了。在一等車廂的小平臺上站著一位太太，瑪莉亞．瓦西里耶夫娜匆匆瞥了她一眼：母親！多麼像啊！母親也是這樣蓬鬆的頭髮，一模一樣的前額，低頭的姿勢也一樣。

十三年來她第一次栩栩如生、清晰無比地想起了母親、父親、哥哥，莫斯科的住宅，養著小魚的魚缸和所有的細節，她忽然聽到了彈鋼琴的聲音、父親的說話聲，感到自己那時年輕、美麗、衣著講究，住在明亮溫暖的房間，被親人呵護。快樂和幸福的感覺忽然抓住了她，她興奮地用手壓住額角，溫柔地祈求般喊了一聲：

「媽媽！」

不知為何，她哭了。正好這時候漢諾夫坐著四駕馬車來了，她看著他，想像著從來沒有過的幸福，她微笑著向他點頭，好像他們是平等又親近的人。她覺得在天空、在所有的窗戶上、在每棵樹上，好像都閃耀著她的幸福和喜悅。是啊，她的父親和母親根本沒死，她根本不是女老師，那只是個漫長、難受，又奇怪的夢，現在她醒了……

「瓦西里耶夫娜，上車！」

忽然，一切都消失了。柵欄慢慢地抬起。瑪莉亞·瓦西里耶夫娜瑟瑟發抖，全身僵硬地上了車。四駕馬車過了鐵道，謝苗趕車緊跟其後。平交道的值班員摘下帽子行禮。

「前面就是維亞佐夫村了。我們到了。」

安東・巴甫洛維奇・契訶夫年表

一八六〇年一月二十九日（俄曆一月十七日）出生

契訶夫出生於俄國南部的塔甘羅格市。

祖父曾為農奴，在廢除農奴制前從地主手裡贖回了自己和家人。父親是一個開雜貨店的小商人，經濟拮据，一家人艱難度日。

契訶夫有四個兄弟和一個妹妹。其中哥哥尼古拉是畫家，妹妹瑪莎一直照顧契訶夫的生活，後擔任雅爾達契訶夫紀念館的館長，終身收集契訶夫的文稿，並加以整理。

一八六八—一八七九年（八—十九歲）

契訶夫在故鄉的學校讀書，十三歲時第一次接觸了戲劇，十五歲時和家人、同學一起組成了一個小型的業餘劇團。

在此期間，父親破產，家人遷往莫斯科，契訶夫和一個弟弟留在故鄉，直到中學畢業。

一八七九年（十九歲）

契訶夫考入莫斯科大學醫學系。

一八八〇年（二十歲）

為了生計，契訶夫在幽默雜誌《蜻蜓》上發表了處女作〈致有學問的鄰居的信〉。此後，他開始以安東沙．契洪特等筆名在多家幽默刊物發表作品，其中發表作品最集中的是《花絮》雜誌。

一八八四年（二十四歲）

契訶夫從莫斯科大學醫學系畢業，取得行醫資格。同年，他有了咳血的症狀。

一八八五年（二十五歲）

契訶夫結識了《新時報》總編A．C．蘇沃林。蘇沃林是契訶夫生命中一位很重要的朋友，《新時報》發表了契訶夫很多重要的作品，是他的「第一道光芒」。

在這段時間裡（一八八〇—一八八五），契訶夫僅僅為了稿費進行著半機械式的寫作，不僅不覺得自己有才華，甚至還有些鄙夷自己的工作。

一八八六年（二十六歲）

契訶夫以筆名出版了自己的第一部小說集《形形色色的故事》。這一年三月，契訶夫收到老作家格里戈羅維奇的一封信，信中對他的才華大加讚賞，同時希望他以更鄭重的態度對待創作。這件事對契訶夫的影響很大，他在回信中寫道，「您的信如雷電般擊中了我」，此後其創作由幽默文學轉向嚴肅文學。

一八八七年（二十七歲）

出版小說集《在黃昏》、《無傷大雅的話語》。

一八八八年（二十八歲）

出版小說集《故事集》。這一年，小說集《在黃昏》獲得俄羅斯科學院普希金獎，這使他在那個時代的文學界擁有了舉足輕重的地位。

一八八九年（二十九歲）

發表〈沒意思的故事〉。這是契訶夫創作中期分量很重的一個作品，其題材、主題和風格已經顯現出鮮明的契訶夫特色。

一八九〇年（三十歲）

出版小說集《陰鬱的人》。

這一年的三月，契訶夫結識了麗卡・米齊諾娃，這是一位在契訶夫生活中留下重要印記的女性，通常被認為是《海鷗》女主角妮娜的原型。

同一年，哥哥尼古拉因肺結核病去世，對契訶夫造成了不小的打擊。尼古拉去世後，契訶夫固執地前往薩哈林島，完成了帶有社會考察目的的薩哈林島之行（薩哈林島是沙俄時代的流放地）。

契訶夫於四月離開莫斯科，經過兩個多月跨越西伯利亞的行程，於七月到達薩哈林島。在島上的考察持續了三個月，他於十月離島，返程取道海路，於十二月回到莫斯科。

與這次海上航行的見聞和印象有直接關聯的小說〈古謝夫〉於同年十二月發表於《新時報》。這次艱苦而漫長的旅行對契訶夫的身體造成了不小的損耗。

一八九一年（三十一歲）

契訶夫與蘇沃林一起進行了第一次歐洲之行，在奧地利、義大利和法國遊歷，走訪了維也納、威尼斯、佛羅倫斯、羅馬、那不勒斯和巴黎。此前他從未離開過俄國。

一八九二年（三十二歲）

一月，契訶夫發表了〈跳來跳去的女人〉。契訶夫的好友，畫家列維坦認為小說內容對他有所影射，因此一度與契訶夫中斷來往。

三月，契訶夫攜全家從莫斯科遷往美里霍沃莊園居住。這是作家耗盡所有錢財購買的一處房產，他很高興，因為再也不用交房租了。

十一月，發表中篇小說〈第六病房〉。這篇小說有明確的社會批判指向，社會迴響強烈。

一八九三年（三十三歲）

經過幾年的準備，契訶夫完成長篇旅行筆記《薩哈林島》並加以發表。

一八九四年（三十四歲）

契訶夫進行了第二次歐洲之行。

同年，發表〈黑修士〉、〈文學老師〉等作品。〈黑修士〉的創作靈感與契訶夫在美里霍沃莊園生活的體驗有關，這一時期契訶夫對某些神祕經驗產生了興趣。

一八九五年（三十五歲）

契訶夫第一次前往亞斯納亞·波良納，拜望他崇敬的作家列夫·托爾斯泰。

同年，發表〈脖子上的安娜〉、〈有閣樓的房子〉等。

契訶夫在美里霍沃莊園裡創作了戲劇《海鷗》。至今在美里霍沃莊園還可看到一座精緻的小木屋，這是契訶夫寫作《海鷗》的地方，被稱為「海鷗小屋」。

一八九六年（三十六歲）

《海鷗》在彼得堡首演失敗，這是契訶夫創作生涯中罕見的一次挫折。

一八九七年（三十七歲）

三月，在莫斯科時，契訶夫肺結核病發作，大量吐血。病情緩解後，他於秋天出國，這是契訶夫第三次歐洲之行。

一八九八年（三十八歲）

《海鷗》在莫斯科藝術劇院的首演大受歡迎。首演時，契訶夫與女演員О·Л·克尼別爾相識，這是他後來的妻子。

同年，發表同一系列的三篇短篇小說——〈套中人〉、〈醋栗〉、〈關於愛情〉，後又發表了〈約內奇〉等。

秋天，已經無法適應俄國中部冬季氣候的契訶夫前往克里米亞半島的雅爾達過冬，在雅爾達得知了父親去世的消息，這對他是一個沉重的打擊，促使他決定放棄美里霍沃莊園。

他在給朋友的信中寫道：「父親去世以後，美里霍沃的好日子也過去了。」「我覺得對母親和妹妹來說，美里霍沃的生活失去了全部魅力，我必須為她們營造一個新的窩。這是一定的。因為我不會再在美里霍沃過冬，而在鄉下沒有男人是不行的。」

一八九九年（三十九歲）

契訶夫與出版商A．Φ．馬爾克斯簽訂了出版作品集的合約。同年，作品選集第一卷得以出版。

這一年在雜誌上發表的小說有：〈寶貝〉、〈新別墅〉、〈帶小狗的女士〉等。列夫．托爾斯泰對〈寶貝〉這篇小說非常欣賞，說它寫得簡潔而精巧，「像一顆珍珠」。

秋天，契訶夫正式惜別美里霍沃莊園，遷往雅爾達療養。

一九〇〇年（四十歲）

契訶夫當選俄羅斯科學院榮譽院士。

同年十二月，他再次前往歐洲旅行。

一九〇一年（四十一歲）

《三姊妹》在莫斯科藝術劇院首演。

同年，契訶夫與О．Л．克尼別爾結婚。

一九〇二年（四十二歲）

為聲援高爾基，契訶夫發表聲明，放棄了俄羅斯科學院榮譽院士的稱號。

同年，發表小說〈主教〉。這篇小說探討了「死亡」的體驗，彌漫著惆悵寂寞的情緒，表現了對人世的留戀。

一九〇三年（四十三歲）

契訶夫發表了他生命中的最後一篇小說〈未婚妻〉，並完成了最後一部劇作《櫻桃園》。他最後的這兩部作品中透露出時代劇變即將到來的強烈信號。

一九〇四年（四十四歲）

《櫻桃園》在莫斯科藝術劇院首演，演員在舞臺上為契訶夫慶祝了四十四歲生日。

六月，他與妻子啟程前往德國療養地巴登維勒。

七月十五日（俄曆七月二日），契訶夫在巴登維勒去世。契訶夫的靈柩運回莫斯科後，於七月二十二日安葬於新聖女公墓。

作者簡介

安東・巴甫洛維奇・契訶夫（Антон Павлович Чехов, 1860-1904）

俄羅斯文學巨匠，被譽為「世界短篇小說之神」。

十九歲考入莫斯科大學醫學系。二十歲發表處女作，此後筆耕不輟。二十二歲結識雜誌主編列依金，對方要求他一篇作品不能超過一百個句子，這讓他的寫作愈發簡短精悍。

二十四歲大學畢業，取得行醫資格，行醫中的所見所聞成為他日後重要的創作源泉。二十六歲時，出版第一部小說集《形形色色的故事》，備受文壇矚目。

二十八歲，小說集《在黃昏》獲俄羅斯科學院普希金獎。三十二歲，發表〈第六病房〉，引發社會強烈迴響。

三十七歲，肺結核病發作，大量吐血。病情緩解後，於秋天出國，這是他有生之年第三次歐洲之行。

四十歲，當選俄羅斯科學院榮譽院士。四十一歲，戲劇《三姊妹》大獲成功，同年與該戲女主角結婚。

四十三歲，發表絕筆小說〈未婚妻〉，並完成最後一部劇作《櫻桃園》。四十四歲在德國療養時因病逝世，靈柩運抵莫斯科之際萬人空巷。

契訶夫如彗星劃過人間，他一半時間生病，一半時間寫作、建造花園和旅行。他生前曾說：「如果不寫小說，我願意當一個園藝師。」

譯者簡介

路雪瑩

俄羅斯文學博士。

研究課題即為契訶夫小說。曾旅居莫斯科，其間多次造訪契訶夫的美里霍沃莊園。

第六病房：契訶夫經典小說集 / 安東・巴甫洛維奇・契訶夫；路雪瑩譯 . -- 初版 . -- 臺北市：時報文化出版企業股份有限公司 , 2025.03
256 面；14.8 x 21 公分 . -- (愛經典；85)
ISBN 978-626-419-266-8 (精裝)

880.57 114001635

以俄羅斯科學出版社 1974 年版《契訶夫作品和書信三十篇》為底本
另參考俄羅斯真理報出版社 1981 年版《契訶夫短篇和中篇小說集》

作家榜®经典名著
★★★★★★★★★
读经典名著，认准作家榜

ISBN 978-626-419-266-8

Printed in Taiwan

愛經典 0 0 8 5
第六病房：契訶夫經典小說集

作者—安東・巴甫洛維奇・契訶夫｜譯者—路雪瑩｜編輯—邱淑鈴｜企畫—張瑋之｜封面設計—朱疋｜校對—邱淑鈴｜總編輯—胡金倫｜董事長—趙政岷｜出版者—時報文化出版企業股份有限公司 108019 臺北市和平西路三段二四〇號四樓 發行專線—（〇二）二三〇六—六八四二 讀者服務專線—〇八〇〇—二三一—七〇五、（〇二）二三〇四—七一〇三 讀者服務傳真—（〇二）二三〇四—六八五八 郵撥—一九三四四七二四時報文化出版公司 信箱—10899 臺北華江橋郵局第 99 信箱 時報悅讀網—http://www.readingtimes.com.tw ｜電子郵件信箱—new@readingtimes.com.tw ｜法律顧問—理律法律事務所 陳長文律師、李念祖律師｜印刷—勁達印刷有限公司｜初版一刷—二〇二五年三月十四日｜定價—新台幣四五〇元｜（缺頁或破損的書，請寄回更換）

時報文化出版公司成立於一九七五年，並於一九九九年股票上櫃公開發行，於二〇〇八年脫離中時集團非屬旺中，以「尊重智慧與創意的文化事業」為信念。